Mishima Yukio
Kamen no Kokuhaku

假面的告白

[日] 三岛由纪夫●著
陈德文●译

天津出版传媒集团
天津人民出版社

果麦文化 出品

美——美这玩意儿实在可怕啊！怕就怕在没有固定的尺子丈量它。因为上帝总是给人设置谜团。在美之中，两岸可以合为一体，一切矛盾共居一处。别看咱没学问，这一点看得很透。实际上，神秘无限！这地球上，众多的谜团给人带来困惑，谁能解开这些谜团，谁就如芙蓉出水，不为所染。啊，那是美吗？叫我无法忍受的是，一些有着美好心灵、高度理性的优秀之士，往往以怀抱圣母玛利亚理想而起步，又往往以索多玛理想而告终。不，更可怕的是，那些心怀索多玛理想的人，同时并不否认圣母玛利亚理想，简直就像纯洁的青年时代，从心底里燃烧着对美好理想的憧憬。其实人的心胸很宽广，宽广得太过分了。若有可能，我真想稍加缩小些呢。嘿，混账，闹不清到底怎么回事。真的。理性的眼睛将其看作侮辱，感情的目光却认为美好。索多玛城里到底有没有美呢？……

……不过，人嘛，总爱倾诉自己的痛苦。

——陀思妥耶夫斯基《卡拉马佐夫兄弟》

第三卷第三章“热烈的心灵的忏悔——诗”

第一章

很长一段时间，我总是倡言我见过自己出生的光景。每当说起这件事，大人们就笑，到头来他们自己也觉得受到愚弄，便用一种稍带愠怒的目光，瞧着我这个面色苍白、不像孩子的孩子的脸。偶尔在不太熟悉的客人面前提起，祖母就担心我会被当成白痴，厉声地打断我，吩咐我到别处去玩。

取笑我的大人，通常都试图用一种科学的道理说服我。他们说，那时候婴儿还没睁开眼呢，即便睁开眼，脑子里也不会留下清晰的观念啊，等等。按惯例，他们多多少少会像演戏一样，热心而喋喋不休地详加说明，极力使孩子打内心里彻底理解。他们还摇晃着深抱疑惑的我的小肩膀，问："呶，不是这样吗？"其间，他们又似乎觉得差点儿上了我的当。不能因为是小孩子就一点不在乎。这小子一定是想引诱我上钩，企图套出"那件事儿"的吧？果真如此，可为何又不像个孩子更加天真地发问呢？比如："我是从哪儿生的？""我是怎么生的？"——他们再一次沉默了，不知为什么，心中似乎藏着巨大的伤痛，一直淡然地笑着，凝视着我。

然而，他们多虑了。我对“那件事儿”，根本不会再问什么。不过，我还是担心会刺伤大人们的心灵，谈不上要弄策略引诱人上钩。

不管怎么劝说，不管怎么耻笑，我对曾经见过自己出生的光景这一体验深信不疑。抑或记忆中在场的人们对我说起过，也可能出自我任意的想象，二者必居其一。不过，我以为至少有一处我是亲眼所见。那就是为初生儿洗澡的浴盆沿儿。那是头一回使用的木纹清爽的澡盆，从内里看，盆沿儿闪现着微弱的光亮。唯有那里的木纹使我晃眼，似乎是黄金所雕制。荡漾的水波不停地用舌尖儿舔舐着，总也到达不了盆沿儿。然而，那盆沿儿下面的水，或许是反光，或许是光线的照射，看上去宁静闪亮，潋滟的波纹，不断地相互拥合于澡盆之中。

对于这种记忆，最有力的反驳是，我是晚上九点出生的，不可能有阳光照射进来。那么，是不是电灯光呢？尽管受到嘲笑，我依然认为夜间也未必没有一线阳光照射澡盆某个地方。我就是这样毫无困难地步入悖理之境。而且，我降生后初次沐浴时，荡漾于澡盆中的水光，确实不止一次地摇曳于我的记忆之中。

我生于大地震[1]翌年的翌年。

那是十年前，祖父在殖民地[2]为官时期，惹起一场官司，因部下犯罪受到株连而隐退（不是我玩弄丽辞美句，像祖父那般对人一味信赖的愚痴秉性，我半生从未见有人可与之相比）。我家可以说是哼着小曲儿，以悠然自得的速度从斜坡上滑落下来的。庞大的借债，抵押、变卖房产，随着穷困的到来，越发显现出回光返照般的病态的虚荣。——就在这时候，我生在一个风气不太好的城镇的一角。那是租住的一座古老宅院，有着虚张声势的铁门和前庭，以及和近郊礼拜堂不相上下的轩敞的洋房。从坡顶上看是二层楼，从坡下面看是三层楼。这是一座烟熏火燎、灰黑错杂，外观高大威严的建筑，拥有众多阴暗的房间。女佣六人，祖父、祖母、父亲、母亲，一共十口，起居于破橱柜一般咯吱作响的房子里。

祖父的事业欲，以及祖母的疾病和浪费习性，是全家苦恼的根源。祖父时常被那些不务正业、逢迎拍马的家伙带来的图纸所诱惑，怀着黄金梦游历远方。出身于旧时豪门的祖母，憎恶和蔑视祖父。她狷介不屈，有着某种狂傲的诗的灵

---

1 此处指一九二三年九月一日的关东大地震。

2 作者祖父平冈定太郎，自一九〇八至一九一四年任库页岛长官，因“桦太狱案”而辞职，后判无罪。

魂。经年不愈的脑神经痛，绕着圈子，切切实实侵蚀着她的神经。同时，也为她的理智增加无益的明晰。谁又知道，此种持续到死的狂躁的发作，正是祖父壮年时代罪孽的馈赠？

父亲在这个家里，迎娶了纤弱的美娇娘，我的母亲。

大正十四年（一九二五年）一月十四日早晨，阵痛袭击了母亲。夜里九点，生下不到五斤重的小小婴儿。生后第七天的晚上，我穿上法兰绒背心儿、乳白色纺绸内裤，还有飞白花纹的和服，祖父当着全家人的面，在奉书纸[1]上写下我的名字，放在“三宝”供物盘里，置于壁龛之内。

头发永远是金黄色。一直搽橄榄油，谁知搽着搽着就变黑了。父母住在二楼，祖母借口婴儿在楼上危险，生下的第四十九天，硬是从母亲手里夺走了我。从此，我就在祖母的病房里长大。那是一间整日里紧闭房门的屋子，淤塞着呛人的病患及衰老的气味，小被窝儿挨着病床。

出生不到一年，我从楼梯第三阶跌了下来，磕破了额头。祖母看戏去了，父亲的堂兄妹们，还有母亲，瞅着闲空儿热闹一番。母亲忽然要上楼拿东西，我追她而去，一脚绊在拖地和服的衣裾上，摔下楼来。

打电话到歌舞伎剧场找人。祖母回来站在大门口，右手用拐杖撑着身子，两眼直盯着迎上来的父亲，用不紧不慢的

1　庆吊之礼使用的没有皱纹的纯白和纸。

语调，一字一顿，似乎要将每个字都雕刻下来。

“摔死啦？”

“没有。”

祖母迈着巫女般坚定的步子，跨进家门……

五岁那年元旦早晨，我吐出咖啡汁般暗红的东西。主治医生走来撂下一句“没法治了”，插针包似的注射了樟脑液和葡萄糖。手腕和上臂摸不到脉搏，家人守着我的尸体，度过了两小时。

准备了经帷子[1]和我爱玩的玩具，全家人聚在一起。又过了一小时，我撒了泡尿。那位博士大舅叫道：“有救啦！”据说这是心脏回跳的证据。不久，又撒了点儿尿。慢慢地，我的面颊恢复了朦胧的生命之光。

那种病——自家中毒[2]——成了我的痼疾。每月一次，有时轻，有时重。好几次出现危机。我逐渐习惯借着向我渐渐逼近的疾病的跫音，辨别这究竟是接近死亡还是远离死亡。

最初的记忆，一种奇妙而确实的影像苦恼着我的记忆，

1　白麻寿衣，上书经文或题名。

2　小儿常见的周期性呕吐症，一般发生于植物神经不稳或过度疲劳的孩子身上。

从此开始了。

闹不清牵着我手的是母亲、护士、女佣，还是婶婶。季节也不分明。午后的太阳，混浊地照射着斜坡上的家家户户。我被一个不知是谁的女子牵着手，登上斜坡，朝自家走去。对面下来个人，女子用力拽紧我的手指，让开路径，伫立一旁。

此种影像，经过多次复习、强化、集中，每一次无疑都附加一层新的意味。为什么呢？因为在周围广漠的情景中，唯有这位“走下斜坡的人”的姿影，带有不当的精密度。尽管那影像一直给我造成半生的苦恼和威胁，却是最初的具有纪念意义的影像。

走下斜坡的是一位青年。他前后担着粪桶，头上裹着污秽的手巾，有着红彤彤的面颊和炯炯有神的眼睛，脚步沉重地从斜坡上走下来。他是淘粪工——收取粪尿的人。套着胶底布鞋，穿着蓝色紧身裤。五岁的我，异样地凝视着他的身影。虽然还没有确定有何意义，但某种力量最初的启示，或低沉的奇怪的叫声，正在向我呼喊。那个淘粪工的身影最初显现出的，是一种暗喻。为什么呢？因为粪尿是大地的象征。向我呼唤的，无疑是生命之母恶意的爱。

我预感这个世界有着某种富于刺激的欲望。我仰视青年污秽的身影，“我想成为他”的欲求、“我想是他”的欲求，紧紧捆绑着我。我清楚地记得，这欲求有两个重点，一个重点是他的蓝色紧身裤，一个重点是他的职业。蓝色紧身裤突显了他下半身的轮廓，似乎颤颤巍巍地向我走来。对那蓝色紧身裤，我产生一种难以形容的倾慕。为什么，我也弄不清。

他的职业——此时，我的心理结构，也和那些向往长大当陆军大将的孩子一样，泛起一种“想当淘粪工”的憧憬。这一憧憬的来源，可以说同样出于蓝色紧身裤，但绝不止于此。这一主题，是我自己心里强行发展而出现的特异的场景。

这是因为，对于他的职业，我感受到锐利的悲哀的憧憬，一种呼天抢地的悲哀的憧憬。我从他的职业上，感受到极富感觉意义的“悲剧的意味”。这种出自他职业的或是“挺身而出”的感觉，或是孤注一掷，或是面临危险的亲近感，堪称一种虚无和活力的惊人的混合。这些感觉流溢出来，向五岁的我迫近，将我俘获。或许我误解了“淘粪工”这个职业，或许听人说起别的职业，误认为是那种服装，而硬套在他的职业上。不这样就难以解释清楚。

因为这种情绪和同一主题，不久就转到花电车[1]司机和地铁检票员身上。从他们那里，我强烈感受到我所不知道的，并且被永远排除的“悲剧的生活”。尤其是地铁检票员，

1　节日或庆典期间，用彩灯和纸花装点的电动火车。

当时地铁车站飘散的橡皮似的薄荷气息，和他们排列于胸前的铜扣子相互作用，很容易促进“悲剧的”联想。生活在那种气息里的人，不知为何，使我打心底里认为是“悲剧性的”。有时，那些同我没有任何关系的生活、事件或人，为我的官能所寻求又被我所排拒。我把这些定义为“悲剧性的”。我从那里被永远排拒的悲哀，总是被转化或梦幻到他们或他们的生活之上。就这样，我似乎通过我自身的悲哀参与其中。

若此，我所感觉到的“悲剧性的东西”，或许只是我从那里被排拒的过早预感所带来的悲哀的投影。

还有一个最初的记忆。

六岁时我学会读书识字。记得那时看不懂小人书，看来准是五岁时的事了。

当时，众多的小人书中，只有一本中两页合并成的一整幅画使我睁大惊奇的眼睛，那是我的偏爱。我每每凝视那幅画，就会忘记漫长的无聊的下午。一旦有人走来，就感到莫名的内疚，连忙翻到别的一页。护士和女佣守在一旁时，最令我心烦意乱。我真巴望过着那种生活，我可以整天埋头于那幅画中。每当打开那一页，我胸中就怦怦直跳，即使看别的页，精神也不能集中。

那幅画，画的是白马雕鞍、手挥宝剑的贞德。骏马打着响鼻，奋起前肢，扬起沙尘。贞德身披白银铠甲，上面绣着美丽的纹饰。他那俊美的面孔从面罩里露出来，凛凛然拔出宝剑，劈向蓝天。面对“死”，面对一种凭借不祥之力飞翔而去的对象。我相信，他在下一个瞬间会被杀死。我赶快翻动书页，也许能看到他被杀的画面。书上的画也许因某种原因不知不觉转向“下一个瞬间”了……

但是，有一次，护士偶尔翻到那页画面，对着在一旁偷看的我问道：

“哥儿，知道这幅画的故事吗？”

“不知道。”

“这人像男人，其实是个女子，真的。这是一个女扮男装、抗敌救国的故事。”

“是女的？”

我的心顿时凉了半截。一直想着的他，忽然变成了她。美丽的骑士，不是男的而是女的，这到底是怎么回事？（我现在对女扮男装，依然抱着深深的难以说明的厌恶）这件事，很像是我对他的死所怀抱的甘美幻想的复仇，即人生初遇的最初的“现实的复仇”。后来，我读到王尔德赞扬美丽骑士之死的诗句：

骑士被杀，横躺在芦苇蔺草丛里，

他依然俊美无比……

从那之后，我再也不看那本小人书了，连摸都不摸一下。于斯曼[1]在小说《那边》中这样描述：奉查理七世之诏而充任护卫的圣女贞德，由于目睹各种难以置信的事迹，吉尔·德莱斯那种“不久，即将转变为极精巧的残虐和微妙的罪恶性质”的神秘主义冲动，在她心中滋长起来。虽说是相反的机缘（厌恶的机缘），对于我来说，这位奥尔良少女也起到了一定的作用。

——还有一个记忆。

汗的气味儿。是汗臭驱使我，激发我的憧憬，支配我的行动……

侧耳静听，传来重浊、幽微而摄人心魄的响声。那种有时夹杂着号声的单纯而奇妙的哀切的歌唱越发临近了。我牵着女佣的手，匆匆迈动着脚步，依偎在女佣怀里，巴不得尽快赶往大门口去。

演练归来的军队通过我家门前。我经常从喜欢孩子的士兵手里，高兴地接过几只打空的子弹壳。祖母说危险，禁止我再去索要。于是，此种快乐更增添一层神秘的色彩。钝重的军靴，污秽的军服，肩上的刀枪之林，充分迷倒每一个孩子。然而，使我心醉的却是他们的汗臭，唯有那汗臭，成为

1　Jorsi-Karl Huysmans（一八四八至一九〇七），法国作家，评论家。

我向他们索要弹壳时那种快乐所隐含的动机。

士兵们的汗臭，那种潮风吹送着的黄金海岸空气般的气息，那种气息扑入我的鼻孔，令我心醉。我的关于气味儿的最初记忆，或许就在于此。那种气味儿，当然不会直接与性的快感相结合，但士兵们的命运，他们职业的悲剧性，他们的死，他们所见到的远方各国……对于所有这一切官能性的欲求，都在我心中渐渐苏醒，并深深根植下来。

……我的人生最初的相逢，就是这些奇异的幻影。实际上，这些幻影以巧妙的完整，一开始就矗立于我的面前。一件不缺，一件不少，致使日后的我，能够于此探访自己的意识和行动的源泉。

我自幼对人生所抱的观念，未曾逸脱奥古斯丁式的预言说[1]一步，一次又一次无益的迷茫折磨我，至今依旧苦不堪言。然而，如果将这种迷茫看作堕入罪愆的诱惑，就不会动摇我的决定论[2]。开列出我一生不安总和的那份菜单，在我尚未读懂的时候就送达手中。我只是围着餐巾站在桌旁。就连今天写的这本奇矫的书，也早已收入这份菜单，一开始就

1　奥古斯丁（三五四至四三〇），罗马教会最大的教父，基督教神学家，曾预言人被拯救或灭亡。

2　认为各种自然现象、历史事件，尤其是人的意志，均由某种因素所决定。

能一眼看到它。

幼年时代是时间和空间互相角逐的舞台。例如，火山爆发、叛军蜂起、从大人们那里听来的各国新闻，以及眼前祖母的发病和家中逐项的纷争，还有眼看就要沉迷其中的童话世界的幻想事件，这三者对于我来说，始终是同等价值、同一系列的东西。我并不认为这个世界比搭积木还复杂。不久我将奔向的所谓“社会”，也不比童话的“世界”更为光怪陆离。一种限定于无意识中的幻想开始了。而且，所有的幻想，从一开始就面对这种限定而抗争。在抗争之下，渗透着一种奇妙的完整而自成一体的类似热烈愿望的绝望。

夜间，我在被窝里，瞅着睡床周围黑暗的延长线上，浮泛着灿烂的都会。那都会奇妙地一派静谧，充溢着光辉和秘密。往访那里的人们的面孔，定是钤上了一种秘密的印鉴。深夜回家的大人，他们言谈举止之间，总是残留着秘密结社[1]的成员黑话暗语般的调子。而且，他们的脸上有着光闪闪的令人不敢直视的疲劳，宛若圣诞节的面具，用手触之，指尖就会沾上银粉。他们的脸上，用手触之，就会明白，夜的都会为他们装饰着何种油彩。

1　国际秘密结社，产生于十八世纪启蒙主义精神，超越人种、阶级和国家，奉行和平的人道主义。其会员包括各国王公贵族、学界名流等。

不久，我看到“夜”的帷帐就在我眼前拉开。那是松旭斋天胜[1]的舞台（她难得在新宿剧场演出一次。多年后，在同一座剧场观看丹特魔术师表演，规模之大远胜于天胜数倍。但丹特以及哈根贝克马戏团[2]在世界博览会上的表演，都不如天胜使我感到的惊奇大）。

她那丰腴的腰肢，包裹着《启示录》中花魁的云裳，悠然自得地漫步于舞台之上。魔术师一手造就的特有的流亡贵族般的装模作样和飞扬跋扈，那沉郁的爱娇，以及巾帼英雄似的言谈举止，那奇妙的一味委身于廉价商品闪光中的假造的衣裳，天涯歌女风格的浓妆艳抹，涂到足尖儿的白粉，堆砌着人造宝石的瑰丽的手镯……这一切都显现着 melancholic（忧郁的）的调和。倒是不调和所沉落着荫翳的细腻肌理，引导出独特的谐和感。

“我想做天胜”的心愿，“我想做花电车司机”的心愿，两者虽然本质不同，但在我都有些朦胧的理解。最显著的差异，前者可以说完全缺少那种对“悲剧性的”渴望。对于“想做天胜”这一心愿，我始终未能尝到那种憧憬和愧悔焦躁的混淆。尽管如此，有一天我还是强忍激动，潜入母亲的

1　松旭斋天胜（一八八六至一九四四），明治后期至大正、昭和初年，魔术界最富权威的女欧式奇术师。于海外巡演一千多种奇术，誉满全球。

2　德国巨大动物演出团。一九三三年三月来日本，在东京芝地举办的世界妇女儿童博览会上演出。

房间，打开了衣柜。

我从母亲的衣物里找出最美丽华艳的那套和服。腰带上用油彩描绘着绯红玫瑰花。我学着土耳其大官，将腰带缠在身上，头上包着绉绸头巾。对着镜子一照，那临时盘起的头巾，宛若《宝岛》[1]里海盗的头巾。一阵狂喜使我涨红了脸颊。然而，我的工作还远没有结束。我的一举一动，我的手指和脚趾，都必须符合于产生的一种神秘感。我把小镜子掖在腰带里，脸上搽了薄薄的白粉，然后将棍棒形的银色手电筒、古式的镏金钢笔这些令人眼花缭乱的东西，全都带在身上。

就这样，我堂皇地闯入祖母的卧室，忍不住满心的滑稽和兴奋，一边喊叫，一边围着圆圈儿疯跑。

“天胜来啦，我是天胜！”

屋子里有躺在病床上的祖母、母亲、一位不认识的客人，还有照顾病人的女佣。我眼里没有看见任何人。可以说，我只看见我自己。我的狂热全都集中在一种意识上，我要使自己扮演的天胜引来众多目光。我偶尔朝母亲瞥了一眼，母亲的脸色微微惨白，茫然地坐在那儿。她一碰见我的目光，立即低下眉头。

我理解了。眼里渗出泪水。

1　英国作家史蒂文生（一八五〇至一八九四）一八八三年发表的小说。

此时，我理解了什么？或者被迫理解了什么？莫非后年到来的“先于罪愆的悔恨”这一主题，此时便暗示了其先兆吗？还是我一面接受置于爱的目光下那种不忍睹视的孤独的教训，同时另一面又从反面学会了我自身爱的排拒的方法？

——女佣强行制止了我。我被带到别的房间，像只被拔毛的鸡，刹那间被扒去那些不成体统的装扮。

这种表演欲望，在开始看电影之后越发强烈了。这种欲望明显地持续到十岁左右。

有一天，我和学仆一起去看音乐电影《弗拉·狄阿波罗》[1]。扮演狄阿波罗的演员，身穿宫廷服，袖口上绣着长长的绲边儿花纹，不停地舞动着。那情景令人难忘。我说，我也想穿那种衣裳，戴上那样的假发。学仆听罢，轻蔑地笑了。其实我知道，这小子经常在女佣房里扮演八重垣姬[2]，惹得女佣们欢笑不止。

继天胜之后，我迷上了克莱奥帕特拉[3]，某年岁暮的一个雪天，我缠着我的保健医生，带我去看了关于她的电影。

---

1 原作以十九世纪意大利台拉齐纳附近的小村庄为舞台，描写山寨王弗拉·狄阿波罗周边男女爱情的纠葛。

2 八重垣姬，近松半二所作歌舞伎义大夫狂言《本朝二十四孝》中的女主人公。该剧描写武田、上杉两大家族纠纷中，青年男女情恋和忠臣为主尽忠的故事。八重垣姬乃歌舞伎三大名女之一。

3 Cleopátra（前六九至前三〇），古代埃及普特莱玛伊奥斯王朝最后一代女皇。后传为绝代佳人的典型。

临近年末，观众很少。医生两腿架在栏杆上睡着了。我一个人睁大好奇的眼睛观看。众多奴隶抬着古怪的辇台，上面坐着埃及女王，直向罗马进发。她的整个眼睑涂着眼影液，目光沉郁。她穿着超自然的衣裳，此外还从波斯绒毯中露出琥珀色的半裸身子。

后来，我躲开祖母、父母的眼睛（充分带着罪愆的欢喜），以弟妹为对象，醉心于扮演克莱奥帕特拉。我从这种男扮女装中期望着什么呢？到后来，我终于从衰落期的罗马皇帝，那位罗马古神的毁坏者、那个病态的禽兽帝王——赫里奥加巴鲁斯[1]身上，发现了与我相同的期望。

于此，我说完了两种前提。这需要复习一下。第一个前提是，淘粪工、奥尔良少女，还有士兵的汗臭。第二个前提是，松旭斋天胜和克莱奥帕特拉。

还有一个必须言及的前提。

我涉猎了一个孩子尽可能搜寻到的童话，但我不喜欢那些公主、王女。我只爱王子，尤其是被杀的王子们，还有面临死亡的王子。我爱一切被杀的青年。

1　Heliogabalus（二〇四至二二二），罗马皇帝，十四岁时被军队拥立为皇帝。骄奢淫逸，终为近卫军所杀。

不过，我还是弄不明白。为什么在有数的安徒生童话中，唯有《玫瑰仙女》中那位英俊的青年在吻恋人送来的纪念品玫瑰花时，被坏人刺杀并割掉头颅，在我心中留下了深深的阴影？为什么在众多的王尔德童话中，唯有《渔夫和美人鱼》中那位被海潮冲上海滩的紧抱美人鱼的渔夫的尸骸使我迷醉？

不用说，我也非常喜欢其他儿童读物。我爱看安徒生的《夜莺》，也喜欢众多的儿童漫画。但是，这些都阻挡不了我的心随时奔向死亡、黑夜和鲜血。

那位"被杀王子"的幻影，执拗地追逐着我。王子们穿着紧身裤的裸露的装束，同他们残酷的死结合起来加以联想，为何那般让我心中陶然？有谁能跟我说个明白？这里有一册《匈牙利童话》，其中极富写实性的彩色插图，久久俘获了我的心灵。

插图上的王子，身穿玄色紧身裤，胸间罩着绣有金丝的玫瑰红上衣，裹着不时闪动红里子的深蓝色披风，腰间缠着墨绿黄金带。绿金的头盔、鲜红的长刀，以及绿皮的箭筒，便是他的武装。左手带着白皮手套，挽着一张弓，右手扶在森林中的古树枝头，一副凛然沉痛的面孔，俯视着随时向他扑来的龙的血盆大口。那表情蕴含着殊死的决心。假如这位王子是一位斩杀老龙的胜利者，他对我的蛊惑将是很淡薄的。然而，幸运的是，王子担负着必死的命运。

遗憾的是，这必死的命运并非十全十美。王子为了救妹妹，为了和美丽的妖精女王结婚，他七次耐过死的考验。由于含在口中的宝石的魔力，又七次从死亡线上复活过来，最后享受着成功的幸福。前面提到的那幅插图，是第一次死——险些被龙咬死——之前的光景。其后，他“被大蜘蛛抓住，大蜘蛛将毒汁注入他的体内，咯吱咯吱咀嚼着他的皮肉”。他溺水而死，火烧而死，遭蜂螫蛇咬，被扔进尖刀林立的洞穴，最后被自天而降的“大雨般的”无数巨石砸死。

“被龙咬死”这一章，事无巨细地描绘如下：

> 老龙立即咯吱咯吱啃咬着王子。龙在细细咀嚼的当儿，王子疼痛难忍。但他一直强忍下去。等到龙全部咀嚼完毕，忽然又变回原来的身体，迅速飞出龙的巨口。身上没有一点儿擦伤。老龙当场倒地毙命。

这个段落，我读过百遍。但似乎有一处不容忽视的缺陷，即“身上没有一点儿擦伤”这一句。读完这句话，我觉得为作者所背叛，他犯了个重大的过失。

不久，不知为何，我做了一项发明。那就是读到这里时，自“忽然又”至“老龙”这几句用手捂住，再接着读。于是，这本书就具体呈现出理想读物的面貌了。可以这样阅读：

老龙立即咯吱咯吱啃咬着王子。龙在细细咀嚼的当儿，王子疼痛难忍。但他一直强忍下去。等到龙全部咀嚼完毕，当场倒地毙命。

——经过这番减削，大人们是否感到违反常理？但是，这位幼稚、傲慢、沉溺于个人爱好的审查官，即便辨别出“全部咀嚼完毕”这句话和“当场倒地毙命”这句话明显是矛盾的，却还是舍不得丢掉任一方。

我沉浸于幻想自己战死或被杀那种状态的喜悦之中。可是，死的恐怖超过别人一倍。一次，我把女佣欺负哭了。翌日早晨，那女佣似乎什么事也未发生，高兴地微笑着，伺候我吃早饭。我从她的笑脸上，读出了种种意味。我只能认为，那是十足的胜券在握的恶魔的微笑。她为了向我复仇，或许抱有毒死我的企图吧？我的胸中翻腾着恐怖的波浪。那毒汁定是掺和在大酱汤里，早晨吃早饭时只要想起来，我就坚决不沾大酱汤。而且，有好几次，吃完饭立即离开，盯着女佣的脸，那意思是：“瞧见了吧？”女子坐在餐桌对面，毒死我的企图一旦被识破，就仿佛丢了魂似的，但又不好意思马上离开，只好两眼直盯着剩下来变凉的漂着尘埃的酱汤。

祖母心疼我病弱的身子，又担心我会学坏，所以禁止我和附近的男孩子一起玩。因此，我的玩友除了女佣和护士，就只能从祖母身边的女孩子里挑选两三个人。一点噪声，开门关门，玩具喇叭，摔跤，所有刺耳的响动，都会加重祖母右膝的神经痛。所以，我们的游戏，只能比一般女孩儿玩得更加安静才行。我尤其喜欢一个人看书，搭积木，沉沦于幻想和学习画画。后来有了妹妹和弟弟，他们在父亲的关照下（不像我，一手交给祖母），自由地过着童年生活，但我并不十分羡慕他们的自由和胡闹。

但是，一到堂妹家里玩，情况就变了。即使我，也被要求要像个“男孩子”。我七岁那年早春，即将上小学的时候，到一个堂妹——权且称杉子——家里走亲戚，当时发生了一件值得纪念的事。其经过是：祖母带我到那里，听到大伯母她们直夸我“长大了，长大了”，也趁势特为我的饭食放宽了限制。前边提到的，由于害怕“自家中毒”频发，直到那年之前，祖母禁止我吃“青肌鱼”。从前一提到鱼，我只晓得有比目鱼、鲽鱼和鲷鱼等白肉鱼。提到马铃薯，只知道磨碎后的粉面。提到点心，禁止吃有馅儿的，净是些味淡的饼干、甜脆饼。至于水果，只认得苹果片儿，以及少量的柑橘。第一次吃青花鱼——那是鰤鱼——我吃得很是香甜。

那道美味意味着授予我当一次大人的资格。可是，平时每当想起这一点，心中就有一种抑郁的不安——“作为大人的不安”——我的舌尖不由得品味到这种稍嫌苦涩的沉重的不安。

杉子是个健康而富有活力的女孩子。我住在她家，同一间屋子，床铺挨着床铺。杉子头一触到枕头，就像机器人一般很快入睡了。一直失眠的我，带着微微的嫉妒和赞叹守望着她。我在她家，比在自己家里自由得多。一心想夺走我的假想敌——我的父母——不在这里。祖母放心地让我尽享自由。不再像家里，总是将我控制在她的目光范围之内。

不过，受到这种对待的我，并未充分享受到自由。我像个病后初次迈步的病人，感到被强加一种无形的义务的拘谨。倒是懒散的床铺，反成了我的所爱。而且在这里，不声不响之间，就被要求做个男孩子。三心二意的演技开始了。这时，我开始朦胧地意识到，在别人眼里，我的演技对我来说是回归本质的表现。在别人眼里，只有自然的我才是我的演技的 machanism[1]。

那种非属本愿的演技，迫使我喊出“干脆来场战争游戏吧！”，杉子和另一个堂妹，两个女孩儿作为我的对手，哪里玩得了战争游戏呢？再看对方两位“女英雄”，根本提不起劲儿来。我提议玩战争游戏，是出于一种相反的缘由。所谓相反的缘由就是，我不愿讨好她们，只想多少为难她们一下。

1　英语，机械装置，机器构造。

暮色笼罩着房屋内外，我们互相玩着无聊而笨拙的战争游戏。杉子躲在树林里，用嘴嗒嗒嗒地学着打机关枪，趁这时，我想该结束了。于是，我逃回屋内。女兵嗒嗒嗒地连连喊叫着追击而来。我一看到女兵，按着胸脯，“扑通”一声栽倒在客厅中央。

“怎么啦？小公哥。”

——女兵们神情严肃地跑过来。我既不睁眼也不动手地回答：

“我战死疆场啦。”

我想象着自己拧着身子倒下的姿态，感到一阵欣喜。我对自己被击毙这种状态，有着说不出的快感。看来，即便真的被子弹击中，我也许也感觉不到疼痛……

幼年时代……

我遇到一个象征性的情景。那情景对于当今的我来说，就是幼年时代本身。看到那情景，我仿佛望见幼年时代正要离我而去的诀别的手势。我预感到，我的内部的时光悉数由我内部升起，在这幅画面前被遏止，准确地摹写画中的人物、动作和声音。那种摹写完成的同时，即为原画的光景融入时光之中，留给我的只不过是唯一的摹写——堪称我幼年时代精致的标本。不论是谁，幼年时代总有一桩这样的事件，只因形态微小，不为人们所看重，大多被忽视掉了。

——那光景是这样的。

有一次，举行夏祭[1]典礼的一群人，蜂拥着闯进我家大门。腿脚不便的祖母，为自己也为身为孙儿的我，央求策划人让村镇内祭祀的队伍打我家门前经过。这里本不是祭典必由之路，但在主管者的照顾下，队伍每年都要绕一段弯路，从我家门口经过。这已经成了惯例。

我和家人站在门口。布满花纹的铁门左右敞开。门前石板路洒上清水。鼓声殷殷，由远而近。

悲壮的山野号子次第传来，听了令人浑身战栗。那喊声穿过游行队伍纷乱的嘈杂，告知人们，这看似外表空洞的喧嚣才真正是祭典的主调。混淆难解的音的集团，也能分辨出先头队伍锡杖的金属声，大鼓沉钝的轰鸣，以及神舆轿夫们杂乱的呼喊。我胸中（从那一刻起，热烈的期待已不再是喜悦，而是痛苦）怦怦直跳，一阵憋闷使我难以站立。手执锡杖的神官，戴着狐狸面具，这神秘野兽的金色的眼睛，一直令我入迷。看着看着，我身不由己，一把抓住身边家人的衣裾，打算瞅空子从眼前队列所给我的近乎恐怖的欢乐中逃逸出来。我面对人生的态度，从这时候起便是如此。过分地期待，事前凭借幻想过多地修饰，到头来我还是不得不从中逃

1　夏季参拜神社，以祛除灾病。

离开去。

不一会儿，脚夫抬着稻草绳捆扎的香资箱子走过去。当儿童神舆轻捷地一边转圈儿，一边通过，一顶黑黄色庄严的大神舆临近了。轿子自远方而来，顶上的金凤凰摇摇荡荡，宛若一只漂浮波间的水鸟。我看到随着阵阵喧嚣炫目的摇动的情景，一种明丽的不安向我们袭来。仅在这神舆周围，拥塞着热带空气般窒闷的无风状态。看起来，这是凭借恶意的怠惰，于青年们裸露的肩头，热乎乎地飘摇不息。红白相间的粗绳，涂着黑漆的黄金栏杆，紧闭的金泥门扉之中，有着幽深的四尺平方的黑暗，于万里无云的夏日的正午，上下左右不断摇摆跳跃的正方形空寂的暗夜，公然君临了。

神舆来到我们眼前。青年们身穿浴衣，裸露着肌体，努力历练功夫，使得神舆本体晃动着像个醉汉。他们的脚步紊乱了，他们眼睛似乎不再望着地面。扛着大团扇的青年高喊着，围着人群一边奔跑，一边为他们加油。神舆有时摇摇晃晃向一边倾斜，立即又在狂呼中扶正过来。

此时，我家大人们或许直接感到一股意志的力量，从一如既往演练前进的一团人中迸发而出，将我紧抓不放的手突然向后一拽，只听有人喊道："危险！"接着，我不知道究竟发生了什么事，被紧拉着手跑过前院，经二道门一头钻进家中。

我不知同谁一起跑上二楼。我站在阳台上，屏住呼吸，眼望着潮水般闯入前院的神舆周围黑压压的一团人。

是什么力量，促使他们如此快速地行动？后来，我想了好久也弄不明白。又怎么会料到，那数十名青年竟然有计划地一股脑儿闯入我的家门？

小花园被践踏得痛快淋漓。好一场祭典！我所看厌了的前院，变成另一个世界。神舆跑遍院子各个角落，灌木丛被踩得一派狼藉。我连发生了什么事都没有闹清楚。声响互相中和，仿佛冻结在那里的沉默，以及毫无意味的轰鸣，交相光临。色彩也同样跃动着金、朱、紫、绿、黄、蓝、白，轮番涌动。有时金，有时朱，似乎不时有一种颜色在那里统配着全体。

然而，只有一种鲜明的东西使我觉醒，使我激动，使我内心充满无名的痛苦。那就是神舆轿夫们显而易见的陶醉的表情……

第二章

已经一年多了，我一直玩着大人送我的奇特的玩具，心里充满一个孩童的烦恼。那年我十三岁。

那只玩具随时可以增大体积，似乎暗示着玩起来会挺有趣味。可是，哪里也没有写明具体玩法。因此，当那玩具开始想同我玩的时候，弄得我一筹莫展。这种屈辱和焦躁，有时难以忍受，甚至使我想毁掉它。但是，最后面对这只不驯的、从表情上看来暗含着甘美的秘密的玩具，我只有屈服，无目的地注视着它那任性的样子。

于是，我更想虚心倾听玩具所向往的地方。这样一想，这只玩具已经具备了固定的嗜好，即秩序。嗜好的系列再加上幼年时的记忆，总是脱离不了夏季海边见到的裸体青年，神宫外苑游泳池的游泳选手，那个和堂姐结婚的浅黑的小伙子，众多冒险小说中的勇敢的主人公，一个连着一个。以往，我将这些系列同另外的诗的系列混为一谈了。

玩具依然向着死亡、鲜血和坚实的肉体扬起脸来。学仆有的，或从他暗中借给我的故事卷首画所见到的血腥的决斗场面，青年武士切腹的画，中弹后咬紧牙关，紧抓胸前的军服，鲜血从手指缝滴落下来的士兵的图像，还有像“小结”[1]一般不很肥壮的大力士的照片……一看到这些，那玩具立即抬起好奇的头颅。如果说“好奇的”这个形容词欠妥，那就换成“可爱的”或“欲求的”好了。

随着对这些情况的理解，我的快感渐渐有意识有计划地运动起来。进行选择，进行整理。故事杂志卷首画的构图不够火候，我便用彩色铅笔描摹下来，据此充分加以修正。这些画画的是：手捂胸前刀伤、猝然倒地的马戏团青年，从高空坠落下来摔碎头盖骨、半个脸面浸在血泊中的走钢丝的演员。上学时心中充满恐惧，担心家中书柜抽屉里这些残虐的绘画会不会被家人发现，根本听不进老师的讲课。由于我的玩具对这些画的挚爱，我总也舍不得将这些摹仿下来的绘画匆匆撕毁、扔掉。

就这样，我的不驯的玩具空度岁月，不要说第一目的，第二目的——所谓“恶习”这个目的——也不知如何获得实现。

我的周围发生了种种环境的变化。全家离开我出生的旧

---

1 大相扑中第四等级的力士，位居横纲、大关、关胁以下。

宅，搬到另一座城镇，分别住进彼此相距约半公里远的两栋房子。一栋是祖父母和我，另一栋是父母和弟妹，形成两个家庭。后来，父亲受官府之命出访，到欧洲各国转了一圈回来。不久，父母一家又搬迁了。父亲想趁此机会将我领回，他的这一迟来的决心如愿以偿，我终于转移到父母才搬的新居。我经历了同祖母别离的场面，父亲将这一场面称作“现代悲剧”。这座新居同原来祖父母的家之间，隔着好几个“省线”[1]车站和“市电”车站。祖母日夜抱着我的照片哭泣，约定每周我都必须到那里住一宿，如果毁约不去，祖母就会立即犯病。十三岁的我，倒有一位六十岁的深情的恋人。

其间，父亲离开家人，转任大阪。

有一天，我有点儿感冒，没去上学。借着这个时机，我把父亲收到的几本外国画集，搬到自己房里仔细翻阅。尤其是意大利各城市美术馆的介绍，由此所见到的希腊雕刻的写真版，简直使我入迷。众多裸体的名画，唯有黑白写真版最合我兴趣。理由很简单，因为看起来更现实。

眼下我手里的这类画集，今天是初次见到。吝啬的父亲生怕它被孩子的手弄脏了，一直藏在书柜的最里头（一半是怕我迷上名画里的裸女，可是他完全打错了算盘！）。可是我呢？我对这些名画也不像对故事杂志的卷首插图那般着

1　国营（交通省管辖）电车线，下文的“市电”即市营电车线。

迷——我把所余不多的画面又向左翻了一页，发现一个角落出现了一幅画，那幅画简直就像专门等待我的来临。

那是热那亚帕拉萨卢索宫收藏的雷尼[1]的《圣塞巴斯蒂安》[2]。

画面以提香[3]笔下忧郁的森林和傍晚天空晦暗的远景为背景，微微倾斜的黝黑的树干是他的刑架。英俊无双的青年光裸着身子被绑在树干上，两手交叉，高高举起，捆着两只手腕的绳子系在树上。此外，看不到绳结，一块粗白布裹着青年的裸体，松松地盘绕在腰背上。

我也知道，这就是殉教图。然而，文艺复兴末期唯美折中派画家绘制的这幅赛巴斯圣徒的殉教图，倒是带有浓厚的异教的馨香。为什么呢？因为这副比得上安提诺乌斯[4]的肉体，看不出其他圣徒身上常见的传教的辛苦和老朽，只有青春和光明，只有美丽和逸乐。

那素洁的无与伦比的裸体，置于冥冥薄暮的背景之前，光艳夺目。作为一名禁卫军人，那惯于挽弓挥剑的健壮的臂腕，高举着构成一个颇为自然的角度，捆着绳索，正巧交叉在头发上方。他的面部微微上扬，圆睁着仰望上天荣光的双

1 Guido Reni（一五七五至一六四二），意大利画家。

2 Sebastian，三世纪末罗马传说中的基督教殉教者。

3 Titian（一四九〇？至一五七六），文艺复兴时期意大利画家。

4 Antinous（一一〇？至一三〇），罗马皇帝哈德良所宠爱的美少年。

眼，深沉而安详。他那挺起的前胸，紧缩的腹部，稍稍扭曲的腰身，随处飘溢着的不是痛苦，而是回荡着的某种音乐般悒郁的逸乐。假若没有深深扎入左侧腋窝和右侧腹胁的箭镞，那他看起来简直就是一位罗马斗士，背倚薄暮的庭树，暂时歇息一下疲倦的身子。

箭矢射进他那紧绷绷的洋溢着青春馨香的肌肤，点燃了无上痛苦和欢喜的烈焰，以图从内部焚烧他的肉体。但是，不画流血，也不画其他塞巴斯圣徒那样的无数箭镞，只有两支箭矢，将静谧而端丽的影像沉落在他那大理石般的肌体上，宛若树枝映在石阶上的阴影。

不过，上述这些判断和观察，全都是后来才体悟到的。

看到这幅画的一刹那，我的全部存在，都被一种异教徒的欢欣所摇撼。我的血液奔腾不息，我的脏器储绽着愤怒之色。我的巨大而鼓胀的一部分，空前激烈地等待我的指使，责怪我的无知，愤愤然喘息。我的手没有受任何人的教唆，不知不觉开始行动了。我感到我的内部有一种黯淡而辉煌的东西迅速袭上心头，转瞬之间，伴随着恍惚的酩酊迸发了……

——片刻之后，我忧戚满怀地环顾着我面前的书桌周围。窗外枫树明丽的阴影，扩散到我的墨水瓶、教科书、字典、写真版画集，以及笔记簿上。白浊的飞沫，落在教科书的烫金标题、墨水瓶的肩头和字典的一角等上面。所有这类东西一概混浊而忧郁地滴落下来，有的呈现出死鱼般凝滞的目光……幸运的画集，因我立即出手制止才免于污染。

这就是我最初的 ejaculatio [1]，也是我最初不太高明的突发性“恶习”。

赫希菲尔德 [2] 作为精神异常者特别喜爱的绘画雕刻类作品首推《圣塞巴斯蒂安》，我之所以看中这幅画，也是出于偶然的浓厚兴趣。这种兴趣要是发生在精神异常者尤其是先天性精神异常者身上，那么就更易于推测，此种异常的冲动和 sadistic [3] 的冲动，难解难分、错综复杂的场合依然占着压倒的多数。

圣塞巴斯蒂安生于三世纪中叶，后来做了罗马军队的禁卫军长官。传说他三十多年的短暂一生，因殉教而结束。他死去的那年是二八八年，戴克里皇帝 [4] 治世时期。这位贫苦人家出身、平步青云的皇帝，以独特的温和主义为众人所仰慕。但副帝马克西米安厌恶基督教，他把遵循基督教和平主

---

1 拉丁语，射精。

2 Magnus Hirschfeld（一八六八至一九三五），德国性学家。研究性本能障碍，主张对此给予法律定位。

3 英语：性向的，嗜虐的。

4 Diocletianus(二四三？至三一三)，罗马皇帝。改革帝制，强化皇权，镇压基督教。

义而逃避征兵的非洲青年马克西米莱纳斯处以死刑。百人队长马塞拉斯的死刑，也是同样地受宗教控制。圣塞巴斯蒂安的殉教，可以理解为是在这样的历史背景下进行的。

禁卫军长官圣塞巴斯蒂安暗暗皈依基督教，慰问狱中的基督教徒，暴露出他诱使市长及他人改换宗教的行动，终于接受戴克里死刑的宣告。他的被弃置的尸体被射入无数箭镞，一位虔敬的寡妇前来安葬他，发现他还保有体温。在她的护理下他得以复活。但是，他忽然对皇帝不敬，口吐狂言，冒渎了他们的众神，终于被乱棍打死。

传说他死而复活的主题，只能是出于对“奇迹”的渴求。那无数的箭创之下，什么样的肉体能够得以复生？

为了使人们深入理解我的官能的激荡的欢悦究竟属于何种性质，我把许多年之后未完成的散文诗抄写于后。

圣塞巴斯蒂安（散文诗）

一次，我发现教室窗外有一棵随风摇曳的不太高的树。看着看着，我的内心激动起来。这是一棵令人惊异的秀美的树，在草地上构筑成一个端正的三角形，众多枝丫烛台一般左右相称地支撑着浓重的绿色。在那团绿色的下面，可以窥见黝黑的黑檀木台座似的无可动摇的干。完美而巧致，不失“自然”那种既优雅又从容的情味。那棵树挺立着，堂堂正正守着一份自我创造者的沉默。同时，它又像一部作品。抑或是音乐的作品，德国音乐大师为室内音乐而创造的作品。那堪称圣乐的宗教的静谧的逸乐，仿佛织入一幅壁毯的图案，组成一首谨严而肃穆、充满乡恋之情的音乐……

因此，树的形态和音乐的类似，对于我来说具有某种意味。当两者结合构成更强大更深刻的东西袭击我的时候，此种难言的灵妙的感动，至少已不再是抒情，而是宗教和音乐汇合后常见的那种忧戚的酩酊。即便如此，也不奇怪。“不就是这棵树吗？”——我突然扪心自问。

“年轻的圣徒被反剪双手绑在树上，一股股圣洁的鲜血宛如雨后水滴，顺着树干流淌下来。怒火中烧的青春的肉体剧烈地抵磨着树干，挣扎于临终前的痛苦之中（抑或那棵树就是地上所有快乐和苦恼的最后见证）。那不就是那棵罗马的树吗？”

据殉教史所传，那位戴克里皇帝登基后数年间，梦想获得如飞鸟般自由翱翔的广被天地的权力，就想起那位昔日为阿德里所宠爱的禁卫军长官。那位著名的兼有东方奴隶体躯和海洋般非情的叛逆者眼神的年轻长官，终因奉祀被禁止的诸神而被问罪逮捕。他英气勃勃，傲视一切。他的兜鍪每天早晨都插着一枝镇上姑娘赠送的白百合花。一阵激烈的训练过后，休息时，百合顺着他那英武的发型，优雅地低垂着，宛若白天鹅的颈项。

谁也不知他生在何处，来自何方。然而，人们预感到了，这位具有奴隶的体躯和王子面相的青年，是作为逝去的人来到这里的。这位恩底弥昂[1]是牧羊人，他被选送到这个牧场放牧，这里的牧草比任何牧场都更浓绿。

几个姑娘确信他来自海上。因为她们听到他胸中有澎湃的涛声；因为他的眼睛里那生于海边又不得不离去的瞳孔深处，浮现出大海馈赠的神秘而永不消失的水平线。他的呼吸犹如夏季的海风一般灼热，发散着被潮水冲上岸边的海草的气息。

圣塞巴斯蒂安——年轻的近卫军长官——所显示的美，不就是被杀戮的美吗？那些健壮的女子，不是由于罗马鲜血淋漓的肉味和透骨美酒的香醇滋养着她们的“五感”，方才及早觉悟到他自身尚不知晓的厄运，因而爱上他的吗？她们窥视着他那洁白肌肉的内侧，等待着不远处肌肉被撕裂时，由缝隙中奔涌而出的热血，更加迅猛地遍地流淌。那些女人，怎么会不倾听那种鲜血热

1　Endymion，希腊神话中的美青年，为月亮神塞勒涅所爱，在她的祈愿下，为永葆青春而沉眠不醒。

烈的希求呢？

不是薄命，绝不是薄命。他是更加不逊的凶犯，亦可称为光芒四射的人物。例如，即便于甘美的热吻之中，鲜活的“死苦”[1]也多次掠过他的眉宇。

他自己也朦胧地有所预知。前方等待着他的只有殉教。将他从凡俗中分离出来的，正是这种悲惨命运的标记。

那天早晨，圣塞巴斯蒂安迫于繁忙的军务，天一亮就折身而起。他拂晓时分做了个梦——梦见众多不祥的喜鹊群集他的胸前，扑打着翅膀盖住他的嘴巴。梦境萦绕枕上，久久不去。他每晚所偃卧的粗陋的寝床，每晚都发散着被潮水冲上岸边的海藻的气息，诱使他进入海的梦境。他站在窗边穿着铠甲，发出恼人的铿锵之声，同时遥望远方神殿周围森林的上空，正在沉落的玛扎罗斯[2]星团。一旦看到这座异端的壮丽的神殿，他的眉宇之间就浮现出最适合于他的近乎痛苦的轻蔑表情。他呼唤着唯一的神的圣名，吟咏着两三句敬畏的圣言。于是，那轻微的音响，经过数万倍放大，回荡云天，似乎从神殿那个方向，从分割成一列圆柱的星空一带，传来

1　佛语，一说“四苦”，即生、老、病、死。

2　Mazzaroth，古代的星宿名。

惊天动地的呻吟。星空摇撼，大音轰鸣，仿佛一种异样的堆积崩塌了。他微笑了。然后低下眉头，俯视着晓暗中照例走来的一群姑娘，她们为了晨祷，各人手里拈着沉睡的百合花，秘密登上他的住所……

那时是初中二年级严冬。我们习惯于穿长裤或直呼其名（小学时代，老师命令我们叫名字时加上“君”，再热的夏季也不许穿露膝的袜子。第一次穿长裤的喜悦，在于不必用紧缩的吊带箍在两腿上了），习惯于开开老师玩笑的美风，习惯于咖啡馆里的欢聚宴饮，还有围绕学校森林长跑野游，以及校内的寄宿生活。不过对我来说，寄宿生活还是个未知数。因为谨小慎微的父母借口我病弱，请求校方免除我中学几乎强制性的寄宿生活。其实，最重要的只有一个原因，怕我住校会学坏。

走读的学生寥寥无几。到了二年级最后一学期，这伙人里只增加一名走读生。他就是近江。他因为行为粗暴，被赶出集体宿舍。以前，我对他不大在意，自打被开除而背上所谓“恶劣少年”的印记之后，我的目光再也不会匆匆离开他的身影。

一位亲切爱笑的小胖子同学，闪现着两个酒窝来到我身旁。这时的他，肯定掌握着什么秘密。

“告诉你一个好消息。”

我离开暖气边。

我和这位要好的同学走到廊下，背倚窗户。窗外可以看到狂风劲吹的靶场，这里大致是我们密谈的场所。

“近江这人啊……”——这位同学红着脸，似乎很难开口。这少年上小学五年级时，大伙每谈起“那种事儿”，他就立即否认，言之凿凿。“那绝对是撒谎，我全都知道。”他还规劝我：“听说有个同学的父亲患中风，这是传染病，你少和那位同学接触。”

“近江他咋啦？”我在家里轻声细语，像个女孩儿，一到学校就满嘴粗话。

“实话对你说吧，近江这小子，是个‘过来人’哩！”

这是自然的事。他已经留级两三回了。近江骨骼秀媚，或许脸蛋儿的轮廓比我们更出众，闪耀着青春的特权。他那莫名的蔑视一切的天性，带有高贵的品位。在他看来，没有一样不值得蔑视。正因为是优等生，是老师，是警察，是大学生或公司职员，他才都一概投以轻蔑的目光，讪笑不止。

“嗯——”

不知为何，我突然想起军训中精干的近江小队长的英姿。他因为修理步枪非常灵巧，因而受到军训教师和体操教师的破格提拔和优遇。

“所以嘛……所以啊。”那位同学强忍着淫亵的微笑，那哧哧的笑声只有中学生才理解，“那小子的那玩意儿好大哩。

不信，下次玩‘抓小鸡儿’，你摸摸就知道了。”

所谓“抓小鸡儿”，就是在该校初中一二年级学生之间，必然蔓延下去的传统游戏。仿佛真正的游戏就应该这样，较之游戏，更像一种疾病。大白天，众目睽睽之下，照行其事。一人呆立时，另一人斜刺里窥探靠近，瞅准机会，伸出手臂。如果一把抓住，则胜利者逃逸远方。接着，敲锣打鼓，喧闹一番。

“好大呀，A 那玩意儿，真大哩！”

此种游戏，且不说会不会引起某种冲动，首先，被害人会不由得将胳肢窝里的教科书之类扔掉，伸出两手捂住被袭击之处。大家的兴趣，或许就是为了看那副狼狈相吧。但严格地说，他们会因笑声而获得解放，从而发现自己的羞耻心，再加上被害者因脸红而表现出的共同的羞耻，通过爽朗的笑声，感受到一种嘲笑他人的满足。

被害者不约而同地喊道：

“呀，B 这家伙，真下流！”

于是，周围的人一起随声附和：

“呀，B 这家伙，真下流！”

近江是这种游戏的老手。迅速出击，大都以成功告终。他的本领是，一上场就能吸引人注意，暗暗期待着他快些出手。其实，他也屡屡遭到受害人的报复。不过，谁的复仇也不会获得成功。他一直将手插在裤兜里走路。一旦伏兵袭击，他就用裤兜里的那只手和外头的一只手，迅速组成双层铠甲。

那位同学的话，在我心中培育出一种毒草般的观念。这之前，我只是和其他同学一样，以极其天真的心情参加“抓小鸡儿”游戏。但那位同学的话，将我自身无意识严格辨别的那种“恶习”——我独自一人的生活——和这种游戏——我的共同的生活——置于一种难以避免的关联之上了。他的“摸摸看”这句话，蕴含着其他天真无邪的伙伴所难以理解的意味，不管接受与否，硬是猝然装填进我的内心之中。

自那之后，我不再参加“抓小鸡儿”游戏。我害怕袭击近江的那一瞬间，更害怕近江袭击我的那一瞬间。当游戏即将爆发的时候（事实上，这种游戏犹如暴动或叛乱，会在没有任何迹象之时突然发生），我避开大家，只是从远处一眨不眨地盯着近江的身影。

……话虽如此，在我们意识到这一点之前，近江的感化就已经开始浸染我们了。

例如穿袜子。当时，军人式的教育已经侵蚀我的学校。著名的江木将军“质实刚健”的遗训，又被旧事重提，时髦的围巾和袜子都被禁止。规定不许围围巾，只能穿白衬衫、黑袜子，至少是无色的。然而，只有近江一人，从来不缺白绸子围巾和时髦的彩色袜子。

这一禁制的第一个叛逆者，有一套诡秘的手法，将他的恶行冠以“叛逆”的美名。少年们对叛逆美学的认识是何等薄弱，而他却看得很透。他在那位熟识的军训教师——这位乡下出身的下士军官，看起来简直就是近江的跟班——面前，故意慢吞吞地往脖子上缠着白绸子围巾，模仿拿破仑，将金扣子外套的衣领左右敞开。

然而，众多无知的叛逆，总是停留于吝啬的模仿。一旦有可能，就躲开最后的危险，只是品尝叛逆的美味。我们从近江的叛逆中，也仅是剽窃时髦的袜子这一点。我也不例外。

早晨，到学校去，上课前的教室很嘈杂。我们没有坐椅子，而是坐在课桌上聊开了。早晨，谁要是换上新款式的花袜子，他就会优雅地提起裤线，靠在课桌上。这时，就会立即迎来如梦初醒的赞叹声。

“呀，好刺眼的袜子！”

我们不知道有没有比“刺眼”这个词儿更好的赞语。但是自己这么一说，或是被别人这么一说，就会联想起近江只有整队时才露出的那副傲岸的眼神。

某个晴雪的早晨，我一大早就赶往学校。因为同学们打电话来，说明天早晨要打雪仗。我这个人，第二天要是有什么事，头天晚上就难以成眠。翌日一大早醒来，不管时间早晚，立即去学校。

雪刚刚埋没鞋子。太阳尚未升上高空。因为有雪，景色显得阴惨而不秀美，看起来，就像裹在街道风景伤口上的脏污的绷带。街道的美只能是伤口的美。

学校前边的车站越走越近了。我从乘客稀少的“省线”电车车窗，看到工厂街远方升起的太阳。风景充满一派喜色。朝阳映射着雪的假面，不吉地耸立着的一列烟囱，还有那单调的晦暗起伏的石棉瓦屋顶，震颤在这种假面的朗朗狂笑的阴影之中。这出雪景的假面戏剧，往往上演着革命或暴动的悲剧事件。积雪辉映中行人苍白的脸色，也使人想起了那些挑夫。

我在学校前的车站下车时，听到车站旁边搬运公司办事处屋顶上，及早消融的雪水流泻下来。我只认为那是光的流泻。鞋底带来的污泥，在水泥地面涂上一片虚假的泥泞。那光一面一次次大声呼喊，一面投向那“虚假的泥泞”坠身而死。一道光错误地投身于我的脖颈……

校门内还没有一个人影。存物间也上着锁。

我打开二年级一楼教室的窗户，眺望森林的雪景。森林的斜面有一条小径，由学校后门向上通往这座校舍。雪面上的巨大脚印，沿着这条小径一直抵达窗下。足印在窗边折返回去，消失在左侧斜面看来是科学教室的一座建筑物后头。

似乎有人来了。从后门上来，瞅瞅教室的窗户，看到没有人，就独自向科学教室后面走去。后门几乎没有学生通过，风闻只有那个近江，来往于女人家时经过这里。不过，只有整队时才能看到他的身影。不是他又能是谁呢？这么大的脚印，只有他才有。

我从窗户探出身子，凝神望着印着这种脚印的黑土鲜润的色调。看上去，那是步履坚定、充满力量的脚印。那股无可形容的力量，将我引向那双脚印。我真想倒竖身子，沉落地面，将脸孔埋在那双脚印之中。可是，我迟钝的运动神经，照例有利于我的保身，我把书包放在课桌上，慢腾腾爬上窗棂。制服胸前的暗扣抵在石造的窗棂上，蹭着我脆弱的肋骨，那里感觉到一种混合着疼痛的悲哀的甘甜。我翻越窗户跳到雪地上时，轻微的痛楚使得胸脯一阵快活地紧缩，同时充满战栗的危险的情绪。我悄悄将自己的套鞋，合在那双脚印之上。

巨大的脚印几乎和我的相同。我忘记了，这双脚印的主人或许穿着我们之间时兴的套鞋吧。看来，那脚印似乎不是近江的。——追寻黑色的脚印，或许会背叛我当前的期望，但即便处于这种不安的期望中，也有某种东西使我着迷。此时的近江，已成为我期望中的一部分。对于先我而来，及早在雪地上印下脚印的那个人，我抱有为某种被侵犯的未知而复仇的憧憬，这种憧憬抑或紧紧抓住了我。

我气喘吁吁地追寻那道鞋印。

犹如跳过一块块脚踏石，鞋印顺次印在各种地方，有的是黝黑而鲜润的泥土，有的是干枯的草地，有的是结实的污雪，有的是石板小路。走着走着，我不由得也和近江完全一样，迈开了大步。

我走过科教室后边的背阴处，来到广阔的运动场前边的高台。三百米的椭圆形跑道，以及围在跑道内的各个场地，一律包裹在闪闪的白雪之中。广场一角，并立着两棵高大的榉树，在晨光里伸展着长长的树影，为雪景别添一种朗朗谬误的意味——即便冒犯伟大也在所不惜。大树凭借冬日的蓝天和地面的雪光，以及侧面的朝阳，以可塑的致密高高耸立，干枯的树梢和开裂的树干，时时掉落下来金沙般的雪粉。运动场对面并排着的一栋栋少年宿舍和毗连的杂木林，依然一动不动地沉睡，似乎一丝微音也会引起广袤无边的反响。

我在这铺展的闪光中，刹那间一无所见。雪景可称为新鲜的废墟。只有古代废墟才有的无边无际的光明与辉煌，也降临在这虚假的丧失之上。于是，废墟的一隅，宽约五米的跑道的雪面上，描画着巨大的文字。最靠近的大圆圈是 O，对面有 M，远处写着一横又长又大的 I。

是近江。我追寻而来的脚印向着 O，再由 O 到 M，由 M 来到 I 的一半之处站住了。我看到了近江的身影，他围着洁白的围巾，不时低下头，两手插在裤兜里，眼下正在雪地上趿拉着他的那双套鞋。他的身影和运动场榉树的阴影平行，旁若无人地在雪地上尽情伸展开来。

我的面颊热辣辣的，戴着手套团了一把雪。

雪团投过去了，没有到达他身边。但是，他画完I这个字母，或许无意中将视线转向我这里了。

“喂！——”

尽管我担心近江会露出不悦的神情，但还是被一种莫名的热情所驱使，高喊一声，随即顺着高台的陡坡俯冲下来。没想到他也敞开有力的嗓门，对我高声呼叫：

“喂！——不要踩了字啊。”

看样子，今天早晨的他同平时不一样。通常，他回家绝对不做作业，教科书锁在存物箱里，两手插进外套的口袋去上学。他总是掐准时间，手脚麻利地脱掉外套，及时排在队伍的末尾。可今天早晨，他不但独自一人消磨着时光，还以独有的亲切和粗鲁的笑脸迎接我（平素他把我当成个孩子，不肯瞧我一眼）！我是多么盼望看到他那副笑脸和整齐鲜洁的白牙啊！

然而，这笑脸一旦接近，清晰可见之后，我的心便把刚才呼唤他的热情忘却了。理解阻挡着我。他的笑脸，或许是为了弥补“被理解”这个弱点，与其说损害了我，毋宁说更损害了我所描画的他的影像。

看到他在雪地上描画的表示他姓名的OMI三个巨型字母，他的孤独的各个角落，我都半无意识地了解了，诸如他如此一大早赶来学校，以及他自己未必深知的本质的动机——我的偶像，眼下如果在我面前卑躬屈膝地辩解“我一早来学校是为了参加打雪仗”，那么，我心目中将会丧失较之他所丧失的骄矜更为重要的东西。我很焦急，心中盘算着应该主动出击了。

“今天雪仗打不成了。”我终于开口，“本以为雪会下得更大些呢。”

“是啊。”

他露出一副扫兴的样子，面颊上固有的线条变得僵硬起来，重新恢复了对我的鄙视与轻蔑。他极力把我看作小孩子，双眼又增添了憎恶的光芒。对于他写在雪上的文字，我不曾询问一句，他心灵一隅对此表示感谢。他那抵抗此种感谢的痛苦使我迷醉。

“哼，你的手套像小孩子用的。”

“大人也戴毛手套。”

“好寒碜，你大概还没体会到戴皮手套的感觉吧？——试试看吧。”

他把浸满雪水的手套猛地贴在我热乎乎的脸颊上，我躲开了身子。那活生生的肉感，烙印一般留在我的脸孔上。我感到我在用非常清澄的目光凝视着他。

打这时起，我爱上了近江。

假若这种粗俗的说法能够获得谅解，那么对于我来说，这是有生以来的初次恋爱，而且是明显关联着肉欲的恋爱。

我等待夏天，至少等待着初夏。我以为那个季节，将给我带来观察他的裸体的机会。同时，我也会把更为隐蔽的欲求，深深埋于心底。那就是很想看看他那“大玩意儿”的欲求。

两种手套在我记忆的电话里串线了。这种皮手套还有下述庆典时戴的白手套，一种是真实的记忆，一种是虚假的记忆。他那粗野的面容，也许更适合戴皮手套，也许正因为面容粗野，才更适于戴白手套。

说到粗野的面容——给人的印象，只不过是交混在少年之间的一张普通青年的脸。他骨骼壮实，个儿比我们之中最高的学生矮一头。只因我们学校的制服硬邦邦的，很像海军士官的军服，套在未成年的少年身上，总有些不合体。唯有近江一人，在自己的制服里存储着充实的重量感和一种肉感。用充满嫉妒和挚爱的目光，凝视着从他那蓝哔叽制服上可以窥视到的肩膀和胸脯的人，不会只有我一个。

他的脸上始终浮现着堪称晦暗的优越感的表情。这多半是越受害就越容易燃烧的那种情绪。留级，开除……这些厄运对于他，似乎是一种受挫的意欲的象征。何种意欲？凭我漠然的想象，一定有一种他的“恶”的灵魂所促成的意欲。而且，这广大的阴谋，即便他自己也还没有充分认识到。

说起来，他那浑圆黝黑的面颊上，耸峙着不逊的颧骨，秀挺而丰腴的不很高的鼻梁下边，有着仿佛用丝线括紧的神秘的嘴唇和坚实的下巴颏儿。从他的面孔上，可以感受到充溢全身的奔流的热血。那里存在着一个野蛮的灵魂的衣裳，谁能从他那里看到“内面”呢？他身上所能期待的，只是我们遗忘在遥远过去的那个未知的完整的模型。

有时他心血来潮，走过来偷看我所阅读的不合年龄的深奥的书籍，我大都带着暧昧的微笑合上书本。这并非出于羞耻。因为，下面所有的预测，对我来说都是一种痛苦。诸如他对书籍感兴趣，他显得笨手笨脚，他讨厌自己无意识的完整。我为这位渔夫忘却乡国伊奥尼亚[1]而感到痛苦。

上课期间，运动场上，我一直左右打量他的身姿，终于塑造出他那完美无缺的幻影。记忆之中他的幻影，找不到任何缺点，原因就在于此。至于小说式的叙述中不可或缺的人物的某些特征，某些可爱的脾性，以此用在人物身上，从而使得人物栩栩如生的一些缺点之类的东西，一概从近江身上寻找不到。反之，我从近江身上找到了无数别的东西。那就是存在于他身上的无限多样性和微妙的韵味。这些包括生命完整的定义，他的眉毛，他的颧骨，他的嘴唇，他的下巴颏儿，他的颈项，他的咽喉，他的血色，他的肤色，他的力量，他的胸脯，他的手，以及其他无数的东西。所有这些，

1　小亚细亚西部及近海各岛屿。

我都从他身上寻找到了。

以此为基础进行淘汰，完成一个嗜好的体系。因为有了他，我不认为富有理智的人都亲切。因为有了他，我不再为戴眼镜的同性所吸引。因为有了他，我开始爱上力量、充沛的血的印象、无智、粗野的手势、粗放的语言，以及一切丝毫不被理智所腐蚀的肉体所具备的野蛮的忧愁。

不过，这种不合理的嗜好，对我来说，打从一开始就在逻辑上包含着不可能。没有比肉体的冲动更符合逻辑的东西了。透过理智的理解，我的欲望一开始交合就猝然衰退了。对方所发现的些微的理智，也会迫使我做出理性的价值判断。在爱的相互作用下，对对方的要求，同时也是对自己的要求。因此，祈求对方无智的心，尽管是一时性的，也会要求我的绝对的“对于理性的谋反”。这类事情，无论哪条道路都行不通。因此，不论何时，我都提防着，决不和未被理智侵犯的肉体的所有者，即流氓、水手、士兵和渔夫等进行语言交流。只能以热烈的冷淡远远离开，目不转睛地瞅着他们。抑或只有言语不通的热带蛮荒之地，才是我易于居住的家园。说起来，对于荒蛮之地暑气蒸腾的炎夏的憧憬，早在孩童时代就存乎我心中了……

关于白手套的故事。

每逢举行庆典的日子，我习惯戴白手套去学校。手腕上的贝扣散射着沉郁的光，手背上缝着发人冥想的三道线。只要戴上这副手套，我就会回忆起天气晴明的节日的印象：举行盛典的晦暗的礼堂，临回家领到的一纸袋盐濑[1]包子，一天的进程有时会因中途明朗的哄笑声而受到干扰。

冬日的祭典，那是纪元节[2]。当天清晨，近江少有地一大早就到学校来了。

还不到集合的时间。将学校一旁浪桥上的一年级学生赶走，这是二年级学生冷酷的乐趣。那些二年级学生，本来看不起浪桥这类小孩子游戏，但内心里又对这种游戏恋恋难舍，他们硬把一年级学生赶走，实际上并非真心想玩这种游戏，而是半真半假，逞逞威风罢了。一年级学生远远地围成一圈儿，眼看着二年级同学得意扬扬、受人围观的粗暴的胜负——瞅空子将对方从摇荡的浪桥上推落下去。

近江双脚站定在浪桥中央，那架势简直就像一个被追击得走投无路的刺客，不住地盯着新上来的敌手。同学中没有人敌得过他。已经有好几个人刚一登上浪桥，就被他迅速推下去，踩碎了一地晨光闪耀的严霜。每当这时，近江就像一位拳击手，伸出戴着白手套的两只手，在额前紧握，显现出

1　奈良传统馒头（包子）店。

2　日本传统四大节日之一，即神武天皇于大和橿原宫即位之日至至二月十一日。战后改称建国纪念日。

一副天真可爱的样子。被他驱赶的一年级学生也不计前嫌，为之齐声喝彩。

我一直盯着他的白手套。那手套精悍地挥动着，出奇的准确。那是狼一般幼兽的双手。那双手时时像响箭一般穿越冬日早晨的空气，向敌方的腹胁奔击而去。被他推落的对手，有的腰背猛然撞击在霜地上。推倒对手的一刹那，近江为了恢复倾斜的身子的重心，有时在蒙着一层薄霜的滑溜溜的圆木上，做出痛苦挣扎的样子。但是他那灵巧的腰肢的力量，再次使他回复到那副刺客的架势。

浪桥无表情地、有规律地左右摇荡。

……看着看着，我蓦地不安起来。那是一种坐卧不宁的难解的不安。似乎是摇荡的浪桥引起的眩晕，但又不是。可以说，这是精神的眩晕，抑或是我内部的均衡，因看到他危险的一举一动而被打破所带来的不安吧。这眩晕之中，依然有两种力量争夺霸权。自卫的力量和欲望的力量。后者更深刻更激烈地欲图瓦解我内心的平衡，这是一种常使人无意识委身其中的某种微妙而又隐秘的自杀的冲动。

“什么呀，都是一群胆小鬼，没人敢上来吗？”

近江站在浪桥上，左右轻轻摇摆着身子，戴着白手套的两手叉在腰间。帽子上的镀金徽章在朝阳里闪闪发光，我从未见过他这般英俊。

“有我哪！”

激烈的心跳准确地测定了我要说出这话的瞬间。我败于欲望的瞬间总是这样的。我走到那里，就站在那里，对于我来说，这是不可避免的行动，更是预先安排好的行动。所以直到多年后，我依然误认为自己是“意志型的人”。

“算啦算啦，你肯定要输。”

我在一片嘲讽的欢呼声中，从一端登上晃动的圆木，刚一登上就险些滑了一跤，大伙儿又是一阵喧闹。

近江带着一副滑稽的表情迎我而来。他拼命做着鬼脸，模仿我滑倒的样子。还摇晃着戴手套的手指取笑我。在我眼里，那手指就像随时刺向我的危险刀剑的锋镝。

我的白手套和他的白手套，几次互相交手。每次我都被他的掌力推压，身子摇摆起来。看样子，他打算尽情耍弄我一番，不想让我过早败北，故意调整着力量的大小。

“啊，危险，你好强啊！我失败了，马上就要掉下去啦——瞧！”

他又伸出舌头，学着掉落的姿势。

看着他那副鬼脸，他在不自觉地破坏着自身的美。对我来说，这是不堪忍受的痛苦。我被他步步进逼，低伏着眼眉。他瞅空子伸出右手用力推我一下。为了不掉落下去，我的右手反射性地抓住他的右手手指，活生生体验到了他那戴着白手套的手指的触感。

那一刹那，我和他四目对视。确实是一刹那。那副滑稽的表情从他脸上消失了，又涨满了简直有点儿可笑的真率的表情。既非敌意又非憎恶的无垢的东西鸣响了弓弦。那也许是我想得太多的缘故。抑或是手指被拽住，身子失去平衡的瞬间里所展露的虚空的表情吧？然而，随着两人手指交叉时产生的闪电般战栗的力量，我发现近江从我凝视他的瞬间的视线里，感悟到我很爱他——也仅仅爱他。

两人几乎同时从浪桥上跌落下来。

我被搀扶了起来，是近江把我搀扶起来的。他粗暴地拽住我的膀子，默默无言地掸掉我衣服上的泥土。他的胳膊和手套沾满了白霜闪亮的污泥。

我嗔怪地抬头望着他，他挽着我的手臂迈开了脚步。

我的学校从小学时代起，同班同学一律手挽手肩并肩，那种亲切是很自然的。当时，集合的哨子一吹响，大家一齐赶往操场。近江和我一同跌落下来，不过是看厌了的游戏的结局。我和近江即便挽着臂膀走路，也并不是一道特别显眼的风景。

不过，我靠在他的臂弯里，边走边感到无上喜悦。或许我天生羸弱，所有的喜悦都掺和着不祥的预感。他的臂腕强健而结实的质感，仿佛顺着我的手臂流贯全身。我巴不得就这样走到世界的尽头。

但是，一来到集合场所，他就毫不犹豫地甩开我的臂膀，排到自己的队列去了。接着，便不再转头看我一眼。庆典进行期间，我把自己白手套上的污泥，和同一排隔着四个人的近江白手套上的污泥，比较着看了好几次。

对于我对近江莫名其妙的倾慕之心，没有加以有意识的批判，更不用说道德的批判。一旦企图集中意识，我已经不在其中了。如果有不具有持续和进行式的所谓恋爱，那么我就是其中一个。我凝视近江的目光，总是“最初的一瞥”，亦可称“劫初[1]的一瞥”。无意识的操作关联于此，守卫着我十五岁的纯洁，以免除不断的侵蚀作用。

这就是恋爱吗？初见时保持着纯粹的形式，其后经过多次反复，这种恋爱也具备了独特的堕落和颓废。这是较之俗世爱的堕落更为邪恶的堕落。颓废的纯洁，在世上所有的颓废之中，也是最恶质的颓废。

然而，我对近江的单恋，是人生中最初遇到的，在这种恋爱中，说真的，我就是一只将天真无邪的肉欲隐藏在翅膀底下的小鸟。使我迷惘的，不是获得的欲望，只是纯粹的“诱惑”本身。

至少我在上学时，尤其是在单调的课堂上，我的眼睛始终离不开他的侧影。我不知道，所谓爱，就是渴求和被渴求。对于这样的我来说，还能做些什么呢？爱之于我，不过是将很小的谜语问答依然作为谜语，互相考问一遍罢了。我

1　佛教语，指世界初创期。

的一番倾慕之心，究竟会以何种形式获得报偿，我连想象都未曾想象过。

因此有一天，我感冒并不严重也请了假，那天正巧是三年级第一个春季体格检查的日子。直到第二天去上学我才知道。体检当天请假的两三个人到医务室去，我也跟着去了。

煤气炉蓝色的火焰，在射进屋内的阳光里，看起来若有似无。充满了消毒药的气味儿。平素，少年们的裸体总是互相挤在一起，到处飘溢着体检时特有的，似蒸乳般甘美的薄桃红的味道，如今全然没有了。我们两三个人，瑟缩着身子，默默无言地脱掉了衬衫。

一位和我同样易患感冒的瘦削的少年，站立在磅秤上。看到他那长满汗毛的瘦骨嶙峋的白皙的脊背，我的记忆突然苏醒了。我一直想看近江的裸体，想得简直要发狂。体检这么好的机会给漏了，我真是愚不可及。那就只有渺茫地等待下一次机会。

我面色苍白。因为我的裸体上那令人寒碜的鸡皮疙瘩，含蕴着一种类似寒冷的悔恨。我用空茫的眼神扫视了一下自己细弱的胳膊上可怜的牛痘痕迹。我被点到了名字。磅秤正像一副绞刑架，它似乎宣告了我的行刑时刻。

“三十九点五！”

护士兵出身的助手向校医报告。

“三十九点五。”校医一边填写病历，一边自言自语，

“好歹总要达到四十公斤啊。”

每次体检，我都要尝受这样的屈辱。但是今天很放心，因为近江不会在一旁眼看着我的屈辱。刹那间，这种安堵成长为喜悦……

“好了，下一个！”

助手狠狠推了我一把。要是平常，我会满含厌恶地对他怒目而视，但这次我没这么做。

然而，我的初恋会以怎样的形式告终呢？虽说有些朦胧，但我也不是一点儿没有预料。这种预料带来的不安，抑或是我快乐的核心。

初夏的一天，这天似乎是展示标准夏装的一天，也可以说是夏天的舞台彩排的一天。为了万无一失地迎接真正的夏的光临，夏之先驱只在这一天里，前来检查人们的衣柜。这种检查合格的标志，就是人人在这天穿着夏衫出行。

尽管天气炎热，我还是得了感冒，并发支气管炎。为了“参观”体操课（不参加体操练习，只是在旁边观看），我和一位拉肚子的同学到医务室开了必要的诊断证明。

回来的路上，我俩尽量慢腾腾地踱着步子，朝操场大楼走去。因为只要说去了医务室，就可堂而皇之地成为迟到的借口；再就是即使观看，那种无聊的体操课，也还是希望越短越好。

“真热啊！”

我脱掉了制服上装。

“行吗？感冒了还这样。当心拉你做体操。”

我立即又穿上了上装。

“我拉肚子，反正没关系。”

同学故意逞能，这回轮到他脱掉了上装。

到那里一看，操场墙壁的钉子上挂满了夹克，其中也有开领衬衫。我们班一共三十人，集体站在操场对过的单杠周围。以阴暗的雨天的操场为前景，楼外的沙地和单杠的草坪周围，倒是一派明丽。我因为病弱，总是觉得不如人家。我一边放任地咳嗽，一边向单杠走去。

长相寒碜的体操教员，从我手里接过诊断书，瞧也不瞧一眼。

“过来，做引体向上！近江，你示范一次，给大家看看。”

我听到同学们都在悄悄呼唤近江的名字。上体操课时，他经常去向不明，不知在干些什么。这回他又从一片枝叶闪光的绿树荫里，懒洋洋地出现了。

我一见到他，胸中就闹腾起来了。他脱去衬衫，只穿一件白棉背心，黝黑的皮肤反衬着纯白的背心，显得格外洁净。那是一种香远益清的洁白。胸部清晰的轮廓和两只乳头，宛若石膏浮雕。

“引体向上？”

他不屑一顾但又带着几分自信地反问老师。

“嗯，是的。”

大凡体躯健壮的主儿，往往表现出一副桀骜不驯的姿态。近江也一样。于是，他走向沙地，缓缓伸出手臂。他用地下的湿沙子涂在手心里，然后站起来，一边粗剌剌地搓搓手，一边望着头上的单杆。那副眼神闪现着渎神者的决心。倏忽将影像掉落在他眼眸里的五月的白云和蓝天，被他寄宿在清凉的污蔑之中。一个跳跃纵贯他的全身，忽然，两只无逊于那锚型刺青的臂膀，将他的身子吊在了单杆上。

“嗬——！”

操场上回荡起学生们的赞叹声。谁都知道，那并非针对他孔武有力的身体，那是对青春、生命和优越的赞叹。他的腋窝冒出的丰饶的腋毛，令他们吓了一跳。或许少年们第一次看到，原来那里生长着如此繁盛的、近乎不必要的、众多夏草般的毛！宛若夏天的杂草盖满庭院还绰绰有余，又接连向石阶蔓延。那毛溢出了近江深深凹陷的腋窝，铺展到胸脯两侧来了。这两片青黑的草丛，沐浴着阳光，熠熠生辉，那一带的皮肤格外洁白，被衬托得像白沙一般透明。

他的两只臂膀坚实而隆起，两肩的肌肉如夏云高耸。将他腋窝的草丛折叠在暗影里，看不见了。胸脯高高同单杠磨合，微妙地战栗着。就这样，引体向上反复做了好几次。

生命力，众多无益的生命力，压服了少年们。生命中过度的感应，暴力的，简直只有生命本身才能说明的无目的感应，此种令人不快的充溢的冷漠，压倒了他们。一种生命，在他本人不知不觉之间，潜入近江的肉体，占领他，突破他，从他那里溢出，企图随时凌驾于他的头上。在这一点上，生命好似疾病。他那被粗暴的生命腐蚀的肉体，只是为了不怕传染的疯狂的献身而置于这个世界。对于那些畏惧传染的人们来说，那副肉体只是作为一种非难而印入他们的眼睛——少年们畏畏缩缩地后退了。

我同他们一样，又多少有些差别。在我这里（这事儿充分使我面红耳赤），看到他那众多的腋毛的一瞬间，我一下子 erectio[1] 了。

我担心春秋穿的薄裤会不会惹人注意。即使没有这种不安，此时占据我心间的，也不单是无垢的欢欣。仿佛我想见的东西就在那里，渴望一见的冲动，反而发掘出未曾预料的别一种感情。

那是嫉妒——

就像完成一项崇高的作业，我听到近江的身体“扑通”一声落在沙地上。我闭上眼睛摇摇头。于是，我对自己说，我再也不爱近江了。

1　拉丁语，勃起。

那是嫉妒，那是强烈的嫉妒，它使我断绝了对近江的爱。

也许从那时起，在这桩事情上，寄予了我对自身萌生的斯巴达式训练法的要求（写这本书，就是这种要求的一种体现）。幼年时代的病弱和溺爱，使我惮于仰望别人的面孔。对于孩童的我来说，从那时起就信守着“必须强健起来”的格言。我在来往的电车上，不分彼此地一直凝视着每位乘客的脸，我在这种注视中找出了这种训练法。一般的乘客，被一个面色苍白的少年所凝视，并不感到害怕，只是厌烦地转过脸去，很少有人瞪着眼回敬你。一旦转过脸去，我就感到胜利了。就这样，我逐渐能够面对面地正视别人的脸孔了。

深信已经放弃爱的我，总算放弃了自己的爱。初看起来很是迂阔。爱的最明白不过的标志就是 erectio，我把它给忘却了。Erectio 其实是永恒的，不自觉发生的，独自一人时，它所促成的“恶习”，也是永恒的，不自觉进行的。关于性，我虽然已经具备一般知识，但还没有因差别感而产生烦恼。

话虽如此，但我并不相信放纵自己常规的欲望，是正常的、正统的，也并不相信每个同学和我都抱有相同的欲望。令人愕然的是，我在沉湎于浪漫故事的阅读时，简直就像不谙世事的少女一般，将一切都雅的梦幻都寄托于男女恋爱与结婚之上了。对近江的爱，我已经投进了不屑一顾的谜的垃圾堆，不再深究个中意味。如今，不管我写下“爱”字还是“恋”字，我都感受不到一切。我做梦都不会想到，这种欲望和我的“人生”之间，会有什么重大的关联。

尽管如此，直感要求我的孤独。那是作为一种原因不明的异样的不安——前边已经说过，幼年时代起，我就有着浓厚的长成大人的不安——而表现出来的。我的成长感一直伴随着异样的尖锐的不安。那个时代，我发育迅速，每年都必须将裤脚放长，因此，新做的衣裤都要缝进一大截衣褶。每个家庭都一样，我家的房柱上用铅笔标着我的身高。这种事儿，总是在餐厅里当着全家人的面进行。每长高一分，家人就拿我开玩笑，单纯地乐上一阵子。我强作笑脸。然而，一想到长成大人那种高度，就不能不预感到一种可怕的危机。我对未来的漠然的不安，一方面提高了我脱离现实的梦想的能力，同时又驱赶我奔向“恶习”，以便使我向那种梦想逃逸。不安证实了这一点。

“二十岁之前，你肯定要死。”

同学们看我很虚弱，都跟我开玩笑。

“你这话太无情啦。”

我苦笑着绷紧了脸，从这句预言里，我尝受了一种奇妙的甘美而感伤的迷醉。

“打个赌吧。”

“要是打赌，我不是只能赌我活着吗？”我回答，“假若你赌我死的话。”

“是的，好可怜啊，你要失败的。”

同学们带着少年的残酷，重复地说着。

不光我一个人，同班同学也都一样。不过，我们的腋毛不像近江的那般茂盛，只是一点儿像细草芽般的东西。因此，以往我从不特别注意这部分。作为我的固定观念的，明明是近江的腋窝。

洗澡时，我总是久久地站在镜子前。镜子极不情愿地映着我的裸体。我就像那只坚信自己长大后一定能变成天鹅的丑小鸭。这和那英雄式童话的主题恰恰相反。我的肩膀也像近江的肩膀，我的胸脯也像近江的胸脯，我满怀这种期待，对着眼前的镜子，硬是从那映照出的细瘦的肩膀和薄弱的胸脯上仔细寻找，却总也看不出相似在哪里。其间，薄冰似的不安依然布满我心中的各个角落。与其说不安，毋宁说是一种自虐的确信，一种“我决不能和近江一样”的神示的确信。元禄时代的浮世绘，往往将相爱男女的容貌，画得惊人的相似。希腊雕刻中美的普遍的理想，也近似容貌相似的男女。其中难道没有一种爱的奥义吗？爱的深处不正涌流着企图和对方分毫不差的这种不可能实现的热望吗？这种热望不正驱使着人们将不可能由另一极端变成可能，从而引导他们走向那种悲剧性的叛离之路吗？既然相爱的人儿不可能完全相似，那么不如干脆使他们致力于相互之间毫不相似，使这样的叛离完整地作用于媚态。难道就没有这样的心灵构想吗？然而可悲的是，“相似”结束于瞬间的幻影里了。为什么呢？因为爱恋中的少女纵然变得果敢，爱恋中的少年纵然变得内向，他们依旧会穿越彼此相似的存在而飞向彼方——已经没有对象的彼方。

为此，我有一颗强烈的嫉妒之心，我甚至对自己说：我已放弃了爱。对照上述的奥义，这种嫉妒依然是爱。我自己的腋窝，缓慢而游疑地一点点滋生、成长，渐渐变黑了。我终于可以爱“和近江相似之物”了……

暑假到了。对我来说，它是盼望已久而不堪收拾的幕间休息，又是梦寐以求而居心叵测的招饮燕集。

打从罹患轻度的小儿结核时起，医生就禁止我照射强烈的紫外线，绝对不准在海岸上将身子暴露在直射阳光里半小时以上。每当打破这种禁令，我的脸上就火辣辣地发烫。由于不能参加学校的游泳课，直到现在我也不会游泳。联想到后来在我内部执拗生长的、有时震撼我的“海的蛊惑”，我不会游泳是一种暗示。

纵使这样，那时的我，还没有遇到海的难以抗拒的诱惑。百分之百不适宜于我的夏季，而又以莫名的憧憬教唆着我的夏季。为了送走一个不至于太无聊的夏季，我和母亲，以及弟妹，在 A 海岸终于度过了这样一个夏季。

……

我猛然觉察，我被留在一块巨岩之上了。

刚才，我和弟妹沿海边寻找岩石缝里闪亮的小鱼，走到了这座岩石旁。因为没有什么感兴趣的猎物，年幼的弟妹都玩够了。这时，女佣来接我们到沙滩有遮阳伞的母亲那里去。我不愿和他们一起行动，她便留下我，只带着弟妹走了。

夏天过午的太阳，朝着海面不间断地打耳光。整个海湾是种巨大的眩晕。洋面上的那团夏云，雄伟、悲壮，将预言家的姿态半浸于海水里，默默伫立。云的筋肉似雪花石膏般苍白。

说到人影，沙滨驶出两三只游艇、小船和几只渔船在海面上徘徊，除了船上走动的几个乘员之外，再也看不到别的人影。精致的沉默存在于一切之上。海的微风带着一副微妙的神经兮兮的表情，将快活的宛若昆虫无形的振羽声，传送到我的耳边。这一带海岸，由那些向海面倾斜的浑圆而柔顺的岩石组成，像我身下这般陡险的巨岩，其余只有两三座。

波涛以不安的膨胀的绿色形状，自远洋滑过海面而来。突向海面的较低的岩群，高高耸立，一面阻挡着犹如求救般扬起素腕的飞沫，一面又似乎沉浸在深深的充溢感之中，梦想着挣脱捆绑的浮游。但是，膨胀的绿波又舍它而去，以同样的速度滑向水岸。不久，某种东西在绿色的包衣中醒来，站立。波涛随之立起，将砍向水线下面的巨大海斧锋利的侧刃，毫无保留地展现在我们眼前。这深蓝色的断头台，飞溅着白色的血花砍落下来了。于是，追击着破碎的波头跌落下来的瞬间的波背，映照着垂死者的眼眸里出现的至纯的蓝天，但那不是此世的青蓝——海面上挣脱而出的未被腐蚀的平滑的岩群，隐身于经波涛袭击瞬间泛起的银白的泡沫之中，随着余波的后退灿烂生辉。我看到岩石上寄居于晕眩中的寄居蟹，摇摇晃晃，身子一动不动了。

孤独的感觉，倏忽同对近江的回忆杂糅一处了。事情就是如此。近江充满生命的孤独，生命捆绑他时所产生的孤独，我对这些东西的向往，使我期望也像他那样孤独。眼下，表面上我的孤独近似近江的孤独，我希冀仿效他的做法，以便享受面对横溢的大海此种虚空的孤独。我一人理应扮演近江和我两个角色。为此，我必须找出和他的共同点，哪怕一星半点也好。要是这样，近江自身抑或无意识抱有的孤独，将由我来替代，在有意识的行动里，宛若这种孤独充满着快乐，将看到近江时我所感到的快感，不久使之成为近江自己所感到的快感。我完全可以到达这种空想的境界。

自打迷上《圣塞巴斯蒂安》绘画，我每逢裸体，无意中总是习惯于将两手交叉放在头顶。自己的肉体弱不禁风，面貌里缺乏圣塞巴斯蒂安的丰丽。如今，我也毫不经意地这么做了。于是，眼睛看不到自己的腋窝。不可理解的情欲涌现出来。

随着夏天的到来，我的腋窝本来不如近江那般丰盛，但也有了青黑色草丛的萌芽。这就是我和近江的共同点。这种情欲，明显地有近江的介入。尽管如此，无可否认，我的情欲依然是针对自身的那个部分。当时，震颤着我的鼻孔的潮风，火辣辣照射着我裸露的肩头、胸脯的酷烈的夏阳，以及一望无垠、没有一个人影的空间……猬集而来，驱使我于蓝天之下干出第一次“恶习”。我选择自己的腋窝作为对象。

……我的身子战栗于不可思议的悲伤之中。孤独如太阳般炙烤着我。深蓝的毛织内裤，粘湿湿地贴在小腹上。我慢腾腾地从岩石上下来，两脚泡在海水里。余波使我的脚看起来白皙得像两只死贝。海水中镶嵌着贝壳的石板路，在波纹里摇摇荡荡，历历可见。我跪在水中。这时，细碎的波浪高声呼喊着向我涌来，撞击着我的胸脯，任其飞沫将我整个包裹起来。

波涛退去时，洗净了我的污浊。我的无数的精虫，随着退去的水波，同波中的众多微生物、众多海藻的种子，以及众多鱼卵等诸生命一起，卷进汹涌的海浪冲走了。

秋季到来，新学期开始时，近江没有来。我看到布告栏里张贴着他被开除学籍的告示。于是，仿佛死了僭主的人民，我的同学人人都在谈论他干的坏事。诸如他借了十块钱没还啦，他笑嘻嘻地把进口钢笔强行夺走啦，他掐人脖子啦……似乎人人都受过他欺负。唯有我不曾记得他干过什么坏事。这件事使我嫉妒，使我发狂。然而，因为他被开除的理由尚无定论，我的绝望才获得一些安慰。关于近江为何被开除，就连哪所学校都有的那些消息灵通的学生，也找不出令众人确信无疑的理由。即便老师，提起所谓“坏事”，也只是笑笑罢了。

只有我，对他的作恶抱有一种神秘的确信。他肯定参与了自己尚未充分意识到的某个庞大的阴谋。他的“恶”的灵魂所促起的意欲，正是他的价值、他的命运。至少我是这么看。

……于是，这种“恶”的意味在我心中变形了。它所促成的庞大的阴谋、具有复杂组织的秘密结社、一丝不苟的地下战术，都应该是为了某个不可知的神明而存在。他侍奉神明，试图改变人们的信仰，终于被人出卖而遭秘密杀害。某个黄昏，他光裸着被带往山丘的杂木林。在那里，他两手被高高绑在树上，第一支箭矢射中了他的腹胁，第二支箭矢贯穿了他的腋窝。

我的思绪在深入。这样一想，他抓住单杠做引体向上的姿势，最容易使人首先联想到圣塞巴斯蒂安。

* * *

中学四年级时，我患了贫血症。脸色越来越苍白，手也黄瘦起来。登上一段高台阶之后，就得蹲下来歇一阵儿。白雾般的龙卷风降临到我的后脑，戳穿了一个洞，险些使我晕倒。

家人领我去看病。医生诊断我是贫血症。这是一位相熟的颇为风趣的医生，家人问他贫血症是怎么回事，他说回头查查参考书再说明吧。我看完病，站在医生身旁，家人坐在医生对面。医生翻看的书页都被我瞧见，家人却看不到。

“……那么，下边谈谈病因。论起得这种病的原因嘛，多半是‘十二指肠虫’引起的，哥儿也可能是。有必要查查大便。不过‘萎黄症’[1]很少见，且多数是女人才有……”

接着，医生跳过一段病因的说明，只在嘴里嘟囔一会儿，合上了书本。但我看到了他跳过的那段病因，那是关于“手淫”的。我出于羞愧，心跳加快了。医生也看穿了。

处方上开着注射砷剂。此种毒性的造血作用，一个多月就治好了我的病。

但是，有谁能知道，我之所以缺血正是由于同对血的欲求结成的异常的关系。

天生的血液不足，培植了我梦想流血的冲动。可是这种冲动，使我的身体更加丧失鲜血，也越来越渴求鲜血。这种伤害身体的梦幻的生活，锻炼和砥砺了我的想象力。当时，

1　贫血病的一种。患者多为女性，表现为皮肤苍白无色，头昏乏力。

我虽然没读过萨德[1]的作品，却从《你往何处去》[2]关于圆形剧场[3]令人感佩的描写中，确立了我的杀人剧场的构想。在那里，年轻的罗马斗士，仅仅为了慰藉而提供年轻的生命。死必须洋溢着鲜血，并且要举行仪式。我对所有形式的死刑及刑具都很感兴趣。至于拷打刑具和绞首架，因为看不见血则弃而不用。我也不喜欢手枪和使用火药的枪炮之类的凶器。尽量选择原始而野蛮的武器，诸如弓箭、匕首和长矛等。为延长痛苦而瞄准腹部。牺牲者应使之感到长久、悲痛、伤心等无可言状的存在的孤独而呐喊。于是，我的生命的欢乐自幽深之处燃烧起来，最后以呐喊回应此种呐喊。这不正是古代人们狩猎的欢乐吗？

希腊士兵、阿拉伯白人奴隶、蛮族王子、饭店开电梯者、侍者、懒汉、军官、马戏团青年演员等，都被我空想的凶器杀戮了。我因为不懂得爱的方法而误杀了所爱的人，就像那些蛮族的掠夺者。我在那些倒地的人还在微微翕动的嘴

1 Marquis de Sade（一七四〇至一八一四），法国作家，通称萨德侯爵。“加害性性欲萨德主义”的倡导者。代表作有《美德的不幸》及堪称性倒错集大成的《索多玛一百二十日》等。

2 波兰作家显克维奇（Henryk Sienkiewicz，一八四六至一九一六）的历史小说。取材于罗马暴君尼禄对基督徒的疯狂屠杀，以佩特罗与帕奥洛的殉教故事为背景，描写受迫害的波兰民族的命运。书名《你往何处去》，是佩特罗对走向十字架的耶稣的发问。

3 Colosseum，罗马帝政时代，建造于罗马城内的露天圆形剧场。

唇上接吻。有一种刑具，轨道一头固定着刑架，十几把短刀插在人形的厚木板上，由轨道的另一头滑来。这是我受到某种暗示发明的。有一家工厂，贯穿人体的镟床朝夕转动，生产瓶装甜味血浆发售。众多的牺牲者双手被捆绑在一起，被一个个送到我这个中学生头脑中的圆形剧场内。

刺激逐渐强烈，达到了人所能达到的一种最坏的幻想。这种幻想的牺牲者，依然是我的同班同学，一位善于游泳的体格十分健壮的少年。

那里是地下室。正在举办秘密宴会。纯白的桌布上点燃着典雅的蜡烛。银质刀叉分别摆在盘子两旁。照例装饰着盛开的康乃馨。奇怪的是，餐桌中央的空白尤其大，看来过会儿一定有巨型的菜盘放到这里。

“还没好吗？”

一位食客问我。黑暗中看不清他的脸，但听起来是老人威严的声音。看来，黑暗中每位食客都看不清脸孔。只看到两只白手伸到灯光下，操持着银光闪亮的刀叉。有人小声地谈话，又像是自言自语。除了时时有椅子咯吱咯吱的响声之外，再也听不到其他声响。这是一个阴惨的宴会。

“我想快好了。”

我回答。人们报以黑暗的沉默。对于我的回答，看样子都很冷漠。

“我去看一下。”

我站起身打开厨房的门。厨房的一角连着通往地面的石阶。

“还没好吗？”

我问厨师。

“哪里，马上就得啦。”

厨师也很冷淡地一边切着菜叶般的东西，一边低着头回答。两铺席宽的又厚又大的案板上什么也没有。

石阶上传来笑声。只见另一个厨师挽着我的同班同学的膀子走下来了。少年穿着普通长裤，套着深蓝短袖衫，敞开着胸怀。

“啊，是B呀。”

我若无其事地喊了一声。他走下石阶，两手插在口袋里，冲着我诡秘地一笑。这时，厨师突然从后面跳过来，卡住少年的脖子。少年激烈地反抗。

“……这是柔道的一手……柔道的招数。那叫什么来着？……对了……绞首……不会真死……只是昏过去一阵……”

我一边思考，一边观看这场残酷的打斗。少年在厨师结实的臂腕里很快耷拉下脑袋。厨师平静地将他抱起来放在案板上。这时，另一位厨师走过来，无动于衷地扒去少年的短袖衫，摘取手表，褪掉裤子，身子眼看着全裸了出来。裸体少年薄薄张开着嘴，仰面倒在那里，我与那张嘴久久地接吻。

“仰着好还是趴着好？”

厨师问我。

“仰着好。”

我回答，仰着可以看到他那盾牌般琥珀色的胸膛。另一位厨师从碗橱里端来一只恰能盛下整个人体的西洋大瓷盘。这是一只奇妙的瓷盘，两边各开着五个小孔，一共十个小孔。“唉哟嗨！”

两个厨师将昏迷的少年仰面放倒在盘子里。他们愉快地吹着口哨，把细绳穿在盘子两边的小孔里，紧紧绑住少年的身子。那快捷的动作，表明他们是多么熟练。巨大的沙拉菜叶，排列整齐地包裹着裸露的身体。盘子里增添了特大的铁刀和叉子。

“唉哟嗨！”

两位厨师举起盘子。我打开食堂的门。一种好意的沉默迎接我。灯光明亮地映照着餐桌，盘子放在空白的地方。我回到自己的座位，从大盘子旁边，拿起特大的刀和叉。

“从哪里下手呢？”

没有人回答，我感到众多的面孔都伸向盘子周围。

“可以从这里切割。”

我拿起叉子朝心脏戳去，血水正好溅到我的脸上。我用右手的刀子将胸肉慢慢地、薄薄地切下一小片来……

贫血虽然治愈，我的恶习依然强烈。上几何课时，在老师中我百看不厌的是最年轻的几何老师A的面孔。听说这位老师当过游泳教练，他具有被海边的阳光灼黑的面容和一副渔夫似的浑厚的嗓音。冬天，我一只手插进裤兜，一只手将黑板上的字抄写在练习簿上。其间，我的眼睛离开练习簿，无意识地追逐A的身影。A一边用年轻的嗓音反复讲解几何难题，一边在讲台边上上下下。

官能的苦恼已经侵入我的出行坐卧之中。年轻的教师不知何时以一副光裸的赫拉克勒斯[1]的幻象出现在我眼前。他一边用左手挥动着黑板擦子，一边用右手里的粉笔写着方程式。我从那皱起的衣服襞褶里看到了“引弓射箭的赫拉克勒斯”筋肉的线条。我终于在课堂上犯了恶习。

下课后，我迷迷糊糊地低着头，走向运动场。我的恋人（他也是一位害单相思的留级生）走过来问我：

“喂，你呀，昨天到片仓家吊丧了吧？感觉怎么样呢？”

片仓是一位心地善良的少年。他死于结核病，前天刚办完丧事。听朋友说，他的遗容完全与平时不同，简直像恶魔。我瞅准火化之后才去吊唁。

1　Herakles，希腊神话中最伟大的英雄。他神勇无敌，虽不断受天后赫拉迫害，但终能战胜强敌，转危为安。最后因受妻子误会，自焚而死。死后成神，与青春女神结为连理。

“没什么，已经烧成灰了。”我只有冷冷地回答，忽然想起那个对他表达好意的口信来，“噢，片仓的妈妈要我转达对你的问候，她说今后她会很寂寞，希望你常去玩玩。”

“傻瓜！”——一种激烈而温热的力量撞击着我的心胸，使我震惊。我的恋人的面颊，被少年般的羞赧染红了。他的眼神泛滥着光辉，带着尚未稔熟的亲切看着我。“傻瓜！”他又说了一遍。“你也变坏了，总是意味深长地笑着。”

我一时弄不懂他的意思。只是迎合着他而笑，稀里糊涂过了半分钟，我终于明白了。片仓的母亲还很年轻，她是一位婀娜多姿的漂亮寡妇。

更使我感到心情沮丧的是，这种迟钝的理解，未必出自我的无知，而明显来自他和我所关心的事情的差异。我所感到的这种明显的距离感，自然是可以预料到的。但对此发现如此之晚令我震惊。我为此追悔莫及。

片仓母亲的口信在他那里会产生怎样的反应，对此我未曾想过。我只是无意识地觉得，那个口信只是对他表达好意。我的这种幼稚本身的丑陋，宛若小孩子啼哭后那张被风吹干泪痕的脏污的脸蛋儿，令我绝望。我为何不能长久保持我的心境不变呢？我曾经千遍万遍地反躬自问。对于这样的问题我已经倦了，不想再继续下去。够了，我将要因纯洁而弄得身败名裂。我有了心理准备（这是多么招人喜爱啊！），我似乎也可以摆脱这种状态了。我还不知道，我如今所厌恶的明明是人生的一部分，一如我相信，我所厌恶的是梦想，不是人生。

我接受了命令，催促我快些从人生出发。是从我的人生吗？纵然万一不是我的人生，我也必须步履沉重地向前迈步。这样的时期到来了。

第三章

人人都说人生像舞台。但像我一样，少年时代行将结束时即被“人生是舞台”的意识所左右的人，不会很多。这虽然已成为一个确定的意识，但由于同十分朴素而肤浅的经验混合在一起，使我在心中总抱着怀疑：人们大概不像我这样走向人生吧？不过有七成坚信，人人都是这样开启自己的人生。我乐天地认为，一旦演技终了，人生随即闭幕。我的早夭的假设，即来自此种认识。然而到后来，这种乐天主义，更进一步说是梦想，遭受了残酷的报复。

为慎重起见，必须补充的是，我在这里所要说的，并非通常那种“自我意识”的问题。这里，我只说单纯的性欲问题，除此之外，不谈其他。

本来劣等生的存在出自先天的素质。为了和别人一样升级，我采取了姑息的手段。这种手段就是，考试时不懂的题目内容，偷偷抄袭同学的答案，若无其事地交上去。这种比作弊更缺乏智慧、更可耻的方法，有时也能获得表面的成功。他升级了。以低年级学得的知识为前提，讲课内容继续深入下去。上课时只有他一人全然不懂，老师讲什么一概听不明白。因此，他的进路只有两条：要么一路下滑，要么拼命地不懂装懂。究竟选哪条路，这个问题取决于他的软弱或勇敢的资质，而不取决于量。不论走向哪一方，都需要等量的勇气和等量的软弱。而且，双方都需要对怠惰抱有一种诗的永不枯竭的渴望。

有一天，我加入了一伙人七嘴八舌的谈话。我们打学校围墙外边经过，一边走一边议论一位不在场的同学，说他喜欢上了来往于学校的公交车上的女售票员。传言不久就转到一般的话题，讨论那位汽车女售票员哪一点可爱。我有意冷冷地撂下一句话来：

“还不是喜欢那身制服？穿在身上倒是很合体呢。”

当然，我从来没有从那位女售票员身上感受到此种肉感的魅力。类推（纯然的类推）使我说出这番话来。那种同年龄相适应的个人炫耀的欲望帮助了我，使我凡事喜欢持有成年人好色家一样冷淡的观点。

于是，这种反应表现得有些过分了。这伙人都是成绩优良、品行高尚的稳健派。他们异口同声地说道：

“没想到，你还真有一套哩。”

“要是没有相当的经验，怎么能一针见血地指出来呢？”

“你这人真的好厉害呀。”

碰到这些天真的易于感动的批评家，我感到我的话说得有些过分了。针对同一件事，还有不太刺耳的更朴实的说法，也许那样更能使人深入地了解我的内心。我有些反悔，觉得说话还是谨慎些为好。

十五六岁的少年，却有着同这种年龄不太相称的意识。这种意识一旦操作起来最易陷入的错误就是认为，只要自己具有远远超越其他少年的坚定的意志，就能一手操作这种意识。其实不然。我的不安，我的不确定意识，比谁都更早地要求意识的规制。我的意识只不过是错乱的工具。我的操作只不过是不确定的胡乱猜想罢了。根据S.茨威格的定义，“恶魔是一种不稳定（unruhe）的东西，它生存于所有人的心中，向自己外部发展，超越自己，驱赶人们走向无限”。而且，“那就好像自然，从过去的混沌中，将某种不该除去的不安定的部分留在我们的灵魂里”。那种不安定的部分，带着紧迫，希冀“还原为超人性超感觉的要素”。当意识单单具有解说的效用时，人自然也就不需要意识了。

我自己丝毫没有从女售票员那里受到肉欲魅惑。那种纯然的类推和有意加以扩大的说法，使同学们大吃一惊，羞红了脸庞，并且借思春期敏感的联想力，接受了隐约的肉感刺激。目睹这一切，我自然泛起人性中的坏的优越感。不过，我的心并未停止于此。下回该轮到我自己了。优越感产生了偏颇的醒悟。事情的经过是这样的：优越感的一部分转变成自恋，陶醉于自己比别人先进一步的酩酊之中。这种酩酊的部分，较之其他部分更早醒悟，其他部分尽管尚未醒悟，但犯了估计的错误，以为一切早已醒悟，因而，这种“比人先进”的酩酊，经过一番修正而变得谦虚起来，即觉悟到“不，我和大家都是一样的人”。由于误算而敷衍到“是的，在一切方面，我和大家都是一样的人”（这种敷衍可以用于尚未觉醒的部分，并将获得支持）。最后，引出这样一个狂妄的结论：“谁都是如此。”只充当错乱的工具的意识，在这里发挥很大作用……就这样完成了我的自我暗示。这种自我暗示，这种非理性、迂执的、虚假的、无比自私而明显感到具有欺瞒性的自我暗示，从这时起至少占据了我百分之九十的生活。再没有人比我更害怕依附现象了。

读了这本书的人或许会明白。我对于公交车女售票员之所以能谈出些具有肉感的话，其实正出于一种单纯的理由，只有这一点我没有觉察到——这实在是一种单纯的理由，归结到一点就是：但凡关系到女人的事，我没有其他少年所具有的先天性的羞耻心。

为了避免有人诽谤我用现在的思维分析当时的自己，权且将十六岁时我自己写的文章中的一节抄写于下：

……陵太郎毫不迟疑地进入一群陌生的朋友中间。他那略显快活的动作——或许是故意做给人看的，他确信那样可以掩盖不明原因的忧郁和倦怠。信仰最良好的因素盲信，将他置于白热的静止状态。他一边加入无聊的谈笑和嬉闹，一边不断地思忖……“如今我既不悒郁，亦不寂寥。”他将此称为“忘却忧愁”。

周围的人始终苦苦思索：自己是幸福的吗？这样也算作是开朗吗？正像疑问这一事实确乎存在一样，这就是幸福的、正当的生存状态。

然而，陵太郎独自一人定义为“开朗的人”，他将自己置于确信之中。

按照这样的顺序，人们的心将倾向于他所说的“确实的开朗”的方向。

终于，虽有些模糊但很真实的东西，被强行封锁在虚伪的机器之中。机器有力地转动了。于是，人们不再感到自己待在“自我欺瞒的房子”里……

机器有力地转动了……

机器有力地转动了吗？

少年时代的缺点就是相信，一旦将恶魔英雄化，恶魔就会对我们感到满意。

不管怎样，我走向人生的时刻迫近了。关于这番旅行的预备知识，首先有众多的小说、一册《性典》，以及和同学共同传阅的淫秽书籍，还有野外实习中夜间从同学们嘴里听到的那些车载斗量的猥亵故事……炽热的好奇心，较之以上的一切，更是我忠实的旅伴。出门最上乘的姿态就是决心成为“虚假的机器”。

我仔细研究过许多小说，对于像我这般年龄的人，如何感悟人生，如何对自己说话，做了一番调查。不住校，不参加体育活动，加上我的学校有许多装腔作势者，一旦过了那种无意识的“下流游戏”时代，很少再介入低级性的问题，而且我又非常腼腆……所有这些情况，使我面对每个人的面孔变得困难起来。因此，我只能从一般的原则出发，根据“我这般年龄的男孩子”独自一人时将会有何感觉，进一步推理下去。在炽热的好奇心这一方面，具有完全相同的思春期的时代，似乎就会来探访我们。一旦到达这个时期，少年就一个劲儿思念女人，脸上生长粉刺，终日头脑恍惚，写一些甜腻腻的诗篇。性学研究的书上，净是说些手淫的害处。当看到有的书写着手淫无大害，尽管放心时，他们便从这个时期起就热衷于手淫。在这一点上，我和他们完全相同！尽管相同，但对这种恶习的心理对象的明显差异，我的自我欺瞒的态度使我对此不加过问。

首先，他们仿佛从“女”这个字上受到异常的刺激。只要心头倏忽飘过一个“女”字，脸上就会立即涌起红潮。不过，我对这个“女”字从感觉上和对于“铅笔”“汽车”及

“扫帚”一样，一直未能获得更深的印象。这种联想能力的阙如，就像面对片仓的母亲一样，即便同朋友谈话，也时时有所表现，使得人家把我当成一个大傻瓜。他们把我看成诗人，理解了我。而我却不想被人看作诗人（为什么呢？据说诗人这一人种注定要遭女人甩），为了同他们谈得更加和谐，我用人工的办法陶冶这种联想能力。

我并不知道。不仅是内心的感觉，即使在看不见的表象上，他们同我也有着明显的差异。就是他们一看到女人的裸体照片，就立即 erectio。只有我不会这样。而且，我所发生 erectio 的对象（从一开始就因倒错爱的特质而经受严格的选择），爱奥尼亚型[1]青年的裸像等，并不具备任何引发他们 erectio 的力量。

我在第二章特地一一记述了 erectio penis 的情况，和这事有关系。为什么呢？因为正是对这一点无知才促成了我的自我欺瞒。不论哪部小说的接吻场面，都省却了关于男人 erectio 的描写。这是当然的，是用不着描写的。即使在性研究的书籍里，接吻时引起的 erectio 也被省略了。我从书上知道，erectio 只发生于肉体交合之前，或因描写那种幻觉而引起。我想象着，尽管没有任何欲望，到了那时候，突

---

1 具有优雅纤细的女性体征，在拟古雕刻中，同男性的列柱型形成鲜明对比。

然——简直就像天外飞来的灵感——自己也会发生 erectio。心中的百分之十在嘀咕："不，只有我不会发生。"这想法随即变成我一切形态的不安出现了。然而，我犯恶习之际，哪怕一次也好，心中有没有浮现过女人的某个部分呢？即便是试验性的。

我不曾有过。我认为，我不干这类事只是源自我的怠惰！

到头来，我什么也不知道。除我之外少年们每晚的梦境，昨天在街角见到的女人们，一个个光裸着身子转来转去。少年的梦中，女人的乳房犹如夜间海面美丽的水母，好几次浮现上来。女人们宝贵的部分张开着濡湿的唇，几十遍几百遍几千遍继续唱着希莱诺魔女[1]的歌……

来自怠惰？恐怕来自怠惰？这是我的疑问。我对人生的勤勉，一概来源于此。我的勤勉归根结底都花费在为怠惰辩护这一点上，以安全保障怠惰始终按照怠惰原有的形态存在下去。

首先，我想起凑齐关于女子记忆的编号来，不管怎么说，这方面的资料都十分贫乏。

1　Sirène，法语，希腊神话中半人半鱼的女妖，以美丽的歌声诱惑渔夫，促其发生海难。

不是十四就是十五岁时，曾经有过这样的事。父亲转任大阪那天，大伙儿送他到东京车站。回来的路上，几位亲戚访问了我家。就是说，母亲、我和弟妹一起回家时，他们一行也跟着到我们家里来玩。其中有堂姐澄子。她二十岁光景，正待嫁闺中。

她的门齿有些反龅。那是极其洁白的门齿，有两三枚似乎特意显眼地露出来。每当微笑，门齿首先发亮，那般微微闪露的样子，为她的笑颜增添了难以形容的爱娇。龅齿这样的不调和，在面庞、身姿的优柔和娇媚的调和之中，宛若一滴香料坠落下来，强化了已有的调和，为她的美丽别添一瓣馨香。

如果“爱”这个词儿不确当，那我就说“喜欢”这位堂姐吧。打从孩童时代起，我就喜欢从远处望着她。有时她在做罗纱刺绣，我无所事事地守在她身旁呆呆地看着，一坐就是一个多小时。

伯母们到屋里间去了。我和澄子并排坐在客厅的椅子上，默默无语。送行的杂沓之声仿佛踩碎了我的脑子，那声音尚未消失。我感到太疲倦了。

“啊，好累。”

她微微打了个哈欠，随即并拢素白的手指，掩住口鼻，仿佛念了一句咒语，倦怠地用指头轻轻拍了两三下。

“你不累吗？小公弟弟。”

不知为什么，澄子用两只袖子遮住颜面，将脸孔沉沉地压在我一旁的大腿上。接着又慢慢划动一下，然后掉转脸孔的方向，好一会儿一动不动。她把我的制服裤子当作枕头，这份光荣令我震颤不已。她的香水和白粉的芳馨撩拨着我，使我张皇无措。她一直睁大着倦怠而清澄的双眼，一副寂然不动的侧影使我茫然……

就这一次。纵然，我的大腿久久存在着的那份豪奢的重量，至今都不曾遗忘。那不是肉感，只是某种极豪华的喜悦。一如勋章的重量。

往返学校的公交车上，我经常遇到一位贫血的小姐。她的冷漠引起我的关心。她百无聊赖地坐在窗边，眺望着窗外，一副早已厌倦一切的样子。她那略显突出的坚实的嘴唇，一直令人注目。每当她不在车上时，我总觉得缺少点什么，上下车时，心里总是记挂着她。或许这就是恋爱吧？我思忖。

我简直不明白，恋爱和性欲彼此是如何互为关联的呢？这里的奥秘我总也搞不懂。近江赋予我的恶魔般的魅惑，不用说当时的我并未用“恋”字加以说明。至于我对公交车上遇到的少女那种微妙的感情，之所以联想到恋爱，那是因为同时看到年轻的司机那颗粗鄙而闪亮的光头引起的。无知未能迫使我解明矛盾。看了年轻司机的侧影，我的视线充满无法躲避的窒闷而痛苦的压力。时时瞥见那位贫血小姐的眼睛，似乎含有故意的人工的易于疲劳的因素。我没有弄懂两种眼神的关系，两种视线在我心中和平共处，一起存在。

作为这种年龄的少年，看起来我太缺少“洁癖”的特质。也可以说，我缺乏“精神”的才能。如果说，我的过于强烈的好奇心未能及时使我倾向于关心伦理，这话虽然也能说明问题，但好奇心就像长期患病的人对于外界绝望的憧憬，一面又同不可能实现的确信相结合，难解难分。这种半无意识的确信，半无意识的绝望，活生生地将我的希望误以为狂想。

年纪轻轻，可我不知道自己体内已经培育起明确的 platonic[1] 的观念。这是不幸吗？世界上通常的不幸，对于我具有怎样的意义呢？我对肉感的漠然的不安，或因只把肉欲的方面作为我的固定观念了。我习惯于将这种同知识欲没有太大分歧的纯粹的精神的好奇心，确信为“这就是肉的欲望”，常常以此欺骗自己，仿佛自己真的有了一颗淫荡之心。它使我学会一种老成持重、深谙世故的态度。看起来简直就是一副倦于女色的面孔。

1　英语，纯精神的。

这样一来，接吻首先成了我的固定观念。我现在可以说，接吻这一行为的表象，对于我只是我的精神寻求寄托的某种表象。然而，当时的我，却将这种欲求误认为是肉欲，所以不得不为那些众多的心灵的伪装而煞费苦心。

这种伪装本真的无意识的愧怍，执拗地驱使我有意识的演技。可是反过来想想，人能完全背离自己的天性吗？哪怕一瞬间。

不这样思考，就无法说明希冀获得不想得到的东西这种不可思议的心理结构，不是吗？如果说我站在不希冀得到想得到的东西这种伦理的人的另一边，那么不就等于证明我心里抱有最不合伦理的愿望吗？若是如此，这种愿望不是过于可爱了吗？我果真将自己完全伪装起来，作为百分之百的因袭的俘虏而行动了吗？关于这方面的思虑，成为以后的我不容忽视的任务。

——战争一开始，伪善的 stoicism [1] 在这个国家风靡一时。高级中学也不例外。我们从上初中时起就向往着的“留长发”的愿望，即使进入高中也无法实现。穿时髦袜子也成了历史。军训的时间一个劲儿增多，还企图实行各种愚蠢的革新。

虽然如此，我的学校表面的形式主义是传统的巧妙的

1　英语，禁欲主义。

校风，所以我们的学习生活并未感到有什么羁绊。配备的那位军官大佐，是个通情达理的汉子，还有那位因“兹兹”口音而获得“兹特”绰号的旧特务曹长N准尉，同僚傻瓜特，狮子鼻的鼻特，都对这种校风十分理解。校长是一位具有女性性格的老海军大将，他以宫内省[1]为后盾，凭借八面玲珑、游手好闲的渐进主义维持着他的地位。

这段时间，我学会了抽烟喝酒。其实，只不过拿拿架势，摆摆样子罢了。战争教会我们奇妙的感伤的成长方法。那就是到了二十多岁就打算斩断人生。然后，一概不考虑将来怎样。人生对于我们来说，轻飘飘得不可思议。活到二十几岁刚好是个阶段，这期间生命的盐湖，盐分一下子变浓了，很容易让身子漂浮起来。只要谢幕的时刻不算太远，那么，我的自娱的假面剧尽管演下去好了。但是，我的人生之旅，只想着明天就出发，明天就出发，一天天拖延下去，过了数年也还是没有出发的样子。这个时代对于我来说，不是唯一欢乐的时代吗？即使有不安，也是漠然的存在，我还有希望，明天，照常可以在未知的蓝天下眺望。那个时代，好比是旅行的空想，冒险的梦想，我总有一天成人的肖像，以及我的尚未一见的美丽新娘子的肖像，我所期待的名声……这些东西正像旅行指南、毛巾、牙刷牙膏、换洗的衬衫、换

1　负责管理皇家及宫内事务的政府机关。

洗的袜子、领带、肥皂等物，被整齐地装在出发前的皮箱里一样，对于我来说，即使是战争，也有着孩子般的欢乐。纵然被子弹打中，我也不会觉得疼痛，这种笃信的过剩的梦想，这时候也一直不见衰退。就连自己死的预想，也因未知的欢乐使我战栗。我感到我自己领有一切。或许是这样的吧。因为，再没有比为旅行而忙于准备的时刻，更完全领有旅行的每个角落的时候了。剩下的作业只是毁坏这种所有。这就是旅行的那种完全的徒劳。

不久，接吻的固定观念，被固定在一副嘴唇上。这个做法仅仅出于一种动机,那就是使空想显得具有一定道理,不是吗?正如前边所述，既非欲望，也非其他什么，我却一味相信是欲望。我将这个信以为欲望的不成体统的欲望，错误地当成是本来的欲望了。我将不想作为我的激烈的不可能的欲望，当成是世人的那种性欲、它作为它自己当时的那种欲望了。

那时，我有个朋友，虽然话不投机，但相处得很亲密。这位姓额田的轻薄的同班同学，似乎只是为了弄清初级德语的种种疑难，才把我作为易于交往的伙伴吧。我不论干什么，一开始总是很投入，所以刚学会一点点德语，人家就以为我很用功，给我戴上一顶“优等生”（意思是像“神童”）的桂冠。其实，我打心眼里厌恶“优等生”这顶帽子（因为除了这顶帽子，再也找不到保障我安全的帽子）。我对“恶名”

的衷心向往，抑或早被额田一眼看穿了。他的友情里含着挑逗我的弱点的调子。为什么呢？因为额田被那些大多因心怀嫉妒的大男子主义的人所鄙视，在他那里，关于女性世界的消息，宛若灵媒的灵界通信一般，似有若无地回响着。

女性世界最初的灵媒就是那个近江。不过，那时的我更属于我自己，对于作为灵媒的近江的特质，当成是他的一种美德而感到满足。然而，作为灵媒的额田的作用，却成为我的好奇心的超自然的限制。其中一个理由，或许因为额田从来就不美。

“一副嘴唇”，是指到他家去玩时，出来接应的他姐姐的红唇。

这位二十四岁的美人儿，随意把我当成小孩子看待。看到她周围那些护花使者，我这才明白，自己一向缺少引起女人注意的特征。这件事使我心悦诚服：那就是我绝不可能成为近江，反过来说，我的想成为近江的愿望，其实是出于我对近江的爱。

总之，我坚信我自己爱上了额田的姐姐。我就像和我同龄那些天真的高中生所干的一样，在她家周围转来转去，长久地守在她家附近的书店里等待机会，一旦她从门前通过，就缠住她不放。有时抱着坐垫儿，幻想着是抱着女人，或者将她的樱唇描成众多画面，或者悲怆不已，自问自答。这算怎么回事呢？这些人工性的努力，给我的心灵带来异常的近乎麻木的疲惫。对于这种不断让自己表白“我爱她”的不自然的态度，心灵中真正的部分早已觉察，故而用恶意的疲倦进行抗争。这种精神的疲劳看来具有可怕的毒素。心灵中人工性努力的间歇，有时会有一种令人悚惧的无聊之感袭击我。为了逃避这种无聊，我又迂执地向别的幻想前进。于是，我忽然又活灵活现地变成我自己，向着异常的心象燃烧。而且，这种烈火被抽象后留在心中，宛若只为她而产生的一股热情，而勉强地加上了这条补注——我又一次欺骗了我自己。

假若有人指责我，说我直到这里的叙述过于概念化而失之抽象，那么，我只好这样回答：因为我不愿意絮絮叨叨描写正常人思春期的肖像，以及在别人看来没有丝毫变化的表象。假如剔除我心灵的耻部，以上这些同正常人的那个时期完全相同，甚至心灵内部都毫无二致。在这里，我和他们完全一样。你不妨想象这样一个未满二十岁的学生：他有着同样的好奇心，对人生的欲望也和普通人一样。只是或许过于内省的缘故而忧思萦怀，动辄就满脸绯红，且对自己的容貌没有自信，因为不能打动女人的芳心，只得埋头读书，争取获得好成绩。而且，你还可以想象，这样的学生如何向往女人，如何焦急如焚，如何空抱烦闷之心。有谁愿意做一番如此容易而缺乏魅力的想象呢？同样，我省去与这种想象完全一致的无聊的描写，也是理所当然的了。心灵内向的学生那种缺乏光彩的一个时代，我与之完全一模一样。我发誓，我对导演绝对忠诚。

这期间，我把只关心年长的青年的心思转向稍微年轻的少年身上了。当然，即便年轻的少年，也都是近江那样的年纪了。尽管如此，爱的推移关系着爱的质量。虽说这种思念依然藏于心底，但我在野蛮之爱上又增添了都雅之爱。一种保护者的爱，一种类似的少年之爱，终因我的自然成长而出现了征兆。

赫希菲尔德为倒错者分类，将迷恋成年同性的一类称作 androphils，挚爱少年或少年与青年之间年龄的一类称作 ephebophlis。我正在理解的 ephebophlis ephebe 是指古希腊青年十八岁至二十岁的壮丁，其语源来自那位宙斯和赫拉的女儿，不死的赫拉克勒斯的妻子赫柏（Hebe）。女神赫柏司掌为奥林匹斯诸神斟酒的任务，是青春的象征。

有一位刚升入高中年龄十八岁的美少年。他是个皮肤白嫩、口唇优雅、眉眼清秀的少年。我知道他名叫八云。我的心高兴地接纳了他的脸蛋儿。

可是，我趁他一无所知的时候，从他那里收下了一份快乐的礼品。最高年级各班班长每周轮流负责喊一次朝礼的号令，包括早晨的体操和午后的军训（高中有这一项训练，首先是半个小时的海军体操，然后扛着铁锹去挖防空壕、割草）。相隔四周，这一周轮到我喊号令了。夏季来临后，执行这种烦琐礼仪做法的学校，早晨的体操和午后的海军体操似乎也按照当代流行规制，命令学生半裸着身子去做。班长站在讲台上发出朝礼的号令，然后喊一声："脱上衣！"大家脱掉上衣后，班长走下讲台，体操教师登上讲台，班长向体操教师发出号令："敬礼！"接着跑到最后一排同班的队列前，自己也站在那里半裸着做体操。做完体操之后，便由教师发出号令，这一阶段，班长也就完成了任务。轮到我发号令时，怕得几乎浑身打寒战。不过，上述这种行伍式的僵硬的训练阶段，有时正符合我心意，不知不觉就等来了该我发号令的那一周。为什么呢？因为我可利用这个时机，亲眼看到站在面前的八云的身影，而且，当我看着八云半裸的样子时，不用担心被他看到我的那副瘦弱的裸体。

八云大多站在讲台前边的最前排或第二排，他那副雅辛托斯[1]似的面颊涨得通红。他每次总是赶在朝礼集合的时候来校，看到他那喘息不定的脸颊，我感到很快活。他一边气喘吁吁，一边动作粗暴地解开上衣的扣子，接着，一把将衬衫从裤子里拽出来，若无其事地展露出他那白皙而平滑的上

1　Hyakinthos，希腊神话中的美少年，为斯帕鲁塔王子、太阳神阿波罗所挚爱。心怀嫉妒的西风神塞皮罗斯将阿波罗投来的铁饼吹歪，击中少年额头。阿波罗深悲其死，遂将其流下的鲜血化为风信子花。

半身。我站在号令台上，即便不想看也不得不看。为此，同学们都毫不经意地对我说：“你下达号令时，总是低着眉头。难道你的心脏是那么纤弱吗？”我不由得打了个寒噤。不过到了下次，我没有机会接近他那半裸的玫瑰红的身体了。

夏天，全体高中生前往M市海军军官学校实习一周。那天游泳的时候，大家全都进入了游泳池。不会游泳的我，借口拉肚子，站在一旁观看。一位大尉认为，日光浴可以治百病，我们这些病号也一律半裸着身子。一看病号小组里也有八云。他的两只白皙的臂膀交叉抱在一起，微风吹拂着那稍稍晒黑的胸脯，洁白的门牙调皮地紧紧咬住下唇。实习中主动称病的人们，都集中在游泳池周围的树荫底下，我很容易接近他。我打量着他那富有弹性的胴体，凝视着他那静静呼吸的腹部，联想起惠特曼[1]的诗句：

……年轻人仰躺在那里

在阳光下鼓胀着白皙的肚子。

可是，这一次我没有说一句话。我耻于让人看到我自己扁平的胸廓和细瘦而苍白的臂膀。

1　Walt Whitman（一八一九至一八九二），美国诗人。

* * *

昭和十九年（一九四四年）——即终战前一年——九月，我离开幼年时代起就一直在这里读书的学校，毕业后考入某大学。在说一不二的父亲的强制下，我选修法律专业。但我并不那么苦恼，因为我确信，我不久就会被迫入伍而战死，我的家人也将在空袭中全部被炸死。

按照当时通行的做法，我升学时同时应征入伍的高班同学，将大学的制服借给我，等我出征时再还回他们家里。就这样，我便穿着他们的制服去上学。

我比别人更害怕空袭，同时我又怀着某种盲目的期望等待着死亡。正像我常说的，对于我，未来就是负担。人生一开始就作为义务观念强加在我的头上。我明知自己不可能完成这项义务，人生却以不履行义务为理由苛责我。我想，不如一死让人生的期待落空，这样想必会很风光。战时流行的死的教义，我对此具有官能上的共鸣。我万一战死（这虽然于我极不合适），这等于颇为滑稽地结束一生，留给墓中我的笑资是无穷无尽的。这样的我，一旦拉响警报，将比谁都快速地逃入防空壕中。

……我听到刺耳的钢琴声。

我在一位最近以特别干部候补生入伍的同学家里。这位同学姓草野，他是我高中时代唯一可以说说心里话的朋友，我很看重同他的友谊。我这个人虽然不配拥有朋友，但以下的叙述难免会伤害这份唯一的友情。我感到强迫我这样做的自己的内心是很残忍的。

“那钢琴弹得好吗？好像时时跑调呢。”

“是我妹妹，一定是先生刚走，她正在练习吧。”

我们停止对话，又在倾听。草野即将入伍，回荡于他耳畔的抑或不是隔壁的琴音，而是不久就要远离而去的“日常之物”那种不太称心如意的仓促的美。那钢琴的音色，具有照着说明书学着做点心的一副随意的心态。我才不管这些，不由得问他：

“她多大了？”

“十八，是我年龄差不多的妹妹。”

草野回答。

越听越觉得这是一个十八岁梦幻般的年龄，且尚不认识自我美的充满稚气的琴音。我希望她的练习永远持续下去。愿望实现了。留在我心中的这种琴音一直持续到五年后的今天。我是多么想将此种感觉看作一种错觉啊！我的理性是如何嘲讽这种错觉啊！我的软弱又是怎样笑话我的自我欺瞒啊！尽管如此，钢琴的声音依然支配着我，假如使得“宿命”一词省却原本的可厌意味，那么，这琴音之于我就是一种宿命。

在这之前，我以异样的感动接受了“宿命”这个词，并铭记于心。高中毕业典礼一结束，我和校长老海军大将前往皇宫谢恩，在汽车中，这位积满眼屎、神色阴郁的老者，指责我应征入伍的打算，说我不该决心甘愿当一名列兵而不想做特别干部候补生。他极力劝诫我，说我的身体根本耐不住列兵的生活。

“这一点我已经想到了。”

“因为你不知道才会这么说。但是报志愿的日期已经过了，眼下来不及啦。这也是你的 destiny 啊！”

他用明治时代的音调说出“宿命”这个英语词儿。

“什么？”

我反问一句。

“Destiny，这就是你的 destiny！”

他以一种漠不关心的口气单调地重复着。这是出于老人特有的羞愧和警惕，即生怕别人以为自己婆婆妈妈地爱唠叨。

不用说，以往我只在草野家见到过弹钢琴的少女。然而，和额田家完全相反的清教徒式的草野家，他的三个妹妹只是留下嫣然一笑就匆匆消失了踪影。草野入伍的日子临近了，他和我轮番到对方家里告别。那琴音使我明白，我对他妹妹的看法是多么不得要领。自打倾听那琴音以来，仿佛我已经窥知她的某些秘密，很难再正面凝视着她，同她搭话了。她偶尔端茶进来的时候，我的眼前只能看到那轻盈而敏捷的腿脚。或许，因为我还看不惯那种时兴穿劳动服和长裤的女子吧，这双美腿尤使我感动。

写到这里，若认为我从她的两腿上获得了肉感，那也是无法否认的。但并非如此。正如我每每所说的，对于异性的肉感，我完全缺乏定见。最好的证据就是，我不知道我有什么想看女人裸体的欲望。不过，我依然认真考虑对女性的爱，那种讨厌的疲惫一旦在心底蔓延，妨碍我追寻“认真地思考”，那么，我就会惊喜地发现，我自己原本是个理性的赢家，遂将自己冷漠的没有持续性的感情，当作餍足于女色的男人的感情，而由此获得成人般炫耀的满足。此种内心活动，宛若点心铺里塞进十文钱滑出一块牛奶糖的机器，早已固定在我心中。

我认为，没有任何欲求照样可以爱女人。或许这才是人类有史以来最为无谋的企图。我自己尽管不知道这些（这种夸张的说法，出于我的天性，请原谅），却图谋做爱的教义的哥白尼。为此，我不知不觉信仰起 platonic 的观念了。看起来，或许同前面的叙述有些矛盾，我却老老实实、照单收取，相信是纯粹的了。这么说，我所相信的不正是这个对象，不正是纯粹本身吗？我发誓竭尽忠诚的，不正是这种纯粹吗？这是以后的问题。

有时看起来，我似乎不相信 platonic 的观念。这是因为我的头脑动辄倾向于缺乏肉感的观念，以及那种成人式病态的满足所寄予的人工的倦怠。可以说，皆出于我的不安。

战争的最后一年到来时，我二十一岁。新年伊始，我们大学就被动员去 M 市附近的 N 飞机制造厂义务劳动，八成学生当工员，其余二成体弱者从事事务工作。我属于后者。不过，我去年体检通过了第二乙种合格，我担心今明两天随时都会有征召令下来。

这块黄尘万丈的荒凉之地，横穿过去也要花半个小时的大工厂，驱使着数千名工员在这里干活儿。我也是其中之一，四四〇九号，临时从业员第九五三号。这座大工厂建立于不考虑资金回收的神秘式的生产费用之上，被捧向巨大的虚无。故每天早晨都要做一番神秘的宣誓。我从未见过如此令人不可思议的工厂。现代的科学技术，现代的经营方式，众多优秀的人才静谧而合理的思维，所有这些，一举被奉献给同一种东西——“死亡”。专门生产特工队所使用的零式战斗机的这座工厂，看来本身在自我鸣动、低吟、哭喊、怒号，犹如一种阴暗的宗教。我认为，没有任何宗教式的夸张，就不会有如此庞大的机构。就连那些董事中饱私囊，也是宗教式的。

有时，空袭警报的汽笛，宣告着这些邪教的黑弥撒的时刻。

办公室里一派慌乱，有人完全喊出一口乡音：“情报咋的啦?”这间屋子里没有广播。所长室的女秘书前来报告“敌数编队”。其间，扩音器里嘶哑的嗓音，命令女学生和国民学校儿童躲避。救护员在分发印有“止血某时某分”的红色标签，以便负伤止血时填上时间挂在胸前。警报鸣响后不到十分钟，扩音器传出“全员躲避”的命令。

事务员们抱着重要资料箱，快速跑进地下金库。将资料藏好之后再跑出地面，横穿广场，加入那些正在奔跑的头戴钢盔或防空头巾的群众。人流直奔正门而去。正门外是一片荒瘠而光秃的黄土平原。相隔七八百米外的缓缓起伏的山丘松林地带，挖掘了无数防空壕。盲目的群众队伍，冒着沙尘，分成两路，默默而焦急地向那里奔跑。总之，那里不是“死亡”，即便是随时崩塌的小小红土洞穴，也不是奔向“死亡”。

一次，节假日里回到自家，夜里十一点，我接到了应召入伍的电报，命令我二月十五日入伍。

城市里像我这般体弱的人并不少见，可要是在乡间入伍，体检时我瘦弱的身子就很显著，是不会被录取的。凭着父亲的这番智慧，我在近畿地方本籍的H县接受了检查。农村青年可以将米袋子轻松地搬起来十多回，而我只能举到胸口，惹得体检人员直发笑。尽管如此，结果我还是取得第二乙种合格，所以今天接到命令，不得不加入乡间粗野的军队。母亲哭成泪人儿，父亲也大为颓丧。命令下来时，我虽然也有些消极，但另一方面又在期望着光彩的死法，所以心里也就坦然了。可是，在乘火车时我在工厂里染上的感冒严重起来，自打祖父破产后，我们在乡间没有一寸之地，抵达一位亲友家里时，我烧得厉害，站也站不住。不过，在这家人的亲切护理下，服了大量解热剂，出现了好转的迹象，我总算在人们的送行中威风凛凛走进军营大门。

服药后临时退去的热度又抬头了。入伍体检时脱得精光，野兽似的转来转去，弄得我连打几个喷嚏。一个毫无经验的军医，把我支气管里稍带吁吁音的正常喘气声，错误地诊断为 Rassel[1] 异常音。根据这一误诊，进而确认了我的荒唐的病情报告，测量了血沉。感冒的高热突显了血沉的高值。于是，我被诊断为肺浸润，被命令即日返乡。

告别营门，我一路奔跑。冬日荒凉的山坡向村子里倾斜。正如在飞机制造厂时一样，我的两腿在奔跑，我反正不是奔向“死亡”，也不是奔向“死亡”那个方向。

1　德语，由炎症引起的气管、支气管和肺部分泌物增多，随呼吸产生的异常声音，医学上通称湿罗音。

……夜行列车窗玻璃坏了，我一面躲避缝隙里的冷风，一面在强忍着高热的寒战和头疼。我反躬自问：我要回归何方？回到凡事优柔寡断的父亲主宰的东京家里，因未能疏散而终日惶惶不安吗？回到包裹那个家庭的充满不安的阴郁的都市吗？回到那些睁着家畜似的两眼，相互询问“没问题吧，没问题吧”的群众之中吗？还是回到那座全是患肺病的大学生，带着一副毫无反感的表情，聚合在一起的飞机制造厂的集体宿舍？

随着列车的震动，我依靠的木板座椅背后的板缝松动了。我不时闭上眼睛，想象着我在家里遭空袭全家覆没的光景。想象中产生一种说不出的奇妙的厌恶感。这种日常生活和死亡关联在一起所给予我的奇妙的厌恶，是最为强烈的。就连猫狗也不愿让人看到死时的惨状，临死时不是会找个地方隐蔽起来吗？我想象着看到家人悲惨地死去，或者家人看到我悲惨地死去，光凭想象就满腹里涌起一阵阵恶心。“死”这个同一的条件降临到全家人头上，即将死去的父母、儿子和女儿，互相对望着，赞扬死的共感。我一想到那副眼神，只能认为那是阖家欢乐、亲人团圆那种光景令人腻烦的再现。我想心境坦然地死在他人中间。我和那位希求死在光天化日下的埃阿斯[1]那种希腊式的心情不一样。我所希求的是天然

1 Aias，希腊神话中的英雄，参加远征特洛伊之战，功勋卓著。阿喀琉斯战死后，他为争夺甲胄继承权，失败而死。

性的自然的自杀，就像一只尚未练就狡黠性格的狐狸，只顾沿着山梁行走，终因自己的无知而遭受猎手的枪杀。

既然这样，军队不是很理想吗？我不正以此寄望于军队吗？那么，我为何又一个劲儿对军医撒谎呢？诸如这半年一直发低烧啦，肩膀疼得要命啦，咯血痰啦，昨晚还出一身盗汗（那是当然的事，吃了阿司匹林了嘛）啦，等等。我为何一宣布即日回乡，就感到一股微笑的压力，得使劲儿按住面颊，以免笑出声来呢？我为何一跨出营门就拼命奔跑起来呢？我不是背叛了自己的希望吗？我再也无法低眉弯腰、两腿发软地缓慢行走了，这又是怎么回事呢？

我很清楚，我的足以逃脱军队意义上的“死亡”的生命，并没有耸立于我的前方。正因为如此，我很难弄清楚驱使我跑出营门的力量来自何处。我不是依然想活下去吗？那也是极为缺乏意志的、气喘吁吁奔向防空壕瞬间里的一种活法。

于是，突然我的另一种声音喊道：我从来都不想死，哪怕一次。这句话解开了羞耻的绳结。虽然说起来困难，但我理会了。说我寄望于军队的只是死，是虚假的。我要说我对军队生活抱有某种官能的期待，而且使得这种期待持续下去的力量，不过是对人人具有的原始咒术的确信，是我个人绝不想死的确信……

……然而，这种想法对于我来说是多么不讨人喜欢啊。毋宁说我倒喜欢被看成是被死亡遗弃的人。想死的人为死亡所拒绝，对于这种奇妙的痛苦，我喜欢像外科医生在手术中摘取内脏一样，集中微妙的神经仅作礼节性的凝视。这种心灵快乐的程度，几乎令人想到邪恶。

大学同N飞机制造厂发生感情冲突，二月底将学生全部撤回以后，又定了计划：三月恢复上课一个月，四月初动员学生去别的工厂劳动。二月末，近千架小型飞机空袭，虽然三月上课，谁都清楚，只是说说而已。

这么一来，战争激烈的年代里，我们享受了无所事事的一个月的假期。仿佛得到一束湿漉漉的烟花。然而，比起得到一包不大顶用的易干硬的面包，我更喜欢这份湿漉漉的烟花礼物。因为这是大学馈赠的一份笨拙的礼品。——对于这个时代来说，尽管没什么用处，却是一份贵重的礼物。

我的感冒好了，数日后草野的母亲打来电话，说M市近旁草野所属的部队，三月十日开始允许见面，问我是否一起去。

我答应了，不久便去草野家商量。从晚上到第二天八点这段时间最安全。草野家正好刚吃过饭。他的母亲是个寡妇。这位母亲和三个妹妹在被炉旁一起接待了我。母亲给我介绍了那个弹钢琴的女儿，她叫园子，和钢琴名家I夫人同名。我谈起上回听她弹琴的感觉，说了些调侃她的笑话。十九岁的她，躲在晦暗的遮光电灯下，满脸绯红，一言不发。园子身上穿着红色的皮夹克。

三月九日早晨，我在草野家附近某个车站的月台上，等待草野家的人。线路对过商店街一带，因强制疏散已经破坏得不成样子。新鲜的噼里啪啦的响声，撕开了早春清冽的大气。有些地方，从裂开的房子里可以看到炫目的崭新的木纹。

早晨，依然寒冷。近几天，没有听到警报响。这期间，空气被打磨得越发澄明，布满了纤细的即将崩溃的预兆。大气犹如愈弹愈能发出高贵鸣响的琴弦，使人想到数秒之后即转入堪称音乐的充满丰富而虚空的静寂。就连没有几个乘客的月台上清冷的日光，也仿佛在音乐般的预感中震颤。

这时，对面阶梯上走下来一位身着宝蓝色外套的少女。她牵着小妹的手，护送她一级一级地迈动着脚步。那位十五六岁年龄稍大些的妹妹，耐不住这种缓慢的步子，不过，她也没有抢先快速地下来，而是故意顺着空荡荡的阶梯绕来绕去。

园子看样子还没有注意到我，我可清楚地看到她了。我生来遇到的女性，再没有比她更美丽、更令人心动的了。我的心怦怦直跳，胸中一派明净。我这样说，读者读到这里一定很难相信吧。为什么呢？因为我对额田姐姐人为的单相思，以及这种心中的悸动，实在没有什么办法加以区别。若没有那种场合下无假借的分析，就没有眼下被闲置的理由。

要是这样，写下来的行为从一开始就是徒然的。因为我之所以写下来，只不过是我一心想写下这种欲望的产物。为此，我若能言之成理，万事皆OK了。可是，我的记忆的正确部分，宣示了我同以往的我存在的一点差异，那就是悔恨。

园子走下两三段阶梯，这时才看到我。裸露于寒气中的红润润的鲜丽的面颊含着微笑。一双黝黑的眸子，带着几分凝重的惺忪的睡眼泛着光辉，欲言又止。她把最小的妹妹交给十五六岁的妹妹，沿着走廊，运动着婀娜的腰肢，光彩摇曳地朝我跑来。

我望着朝我奔来的今晨的来访者。那不是我从少年时代起就醉心描画的具有肉感属性的女子。若果真如此，我只需怀着虚假的期待迎接她就好了。然而，使我为难的是，我的直感只能在园子心中使她承认是另一种东西。那是我对园子不值得投入的虔诚的深情，但也不是卑屈的劣等感。当我每一瞬间看着向我走来的园子时，我就感到无限的悲伤。这是从未有过的感情，我的存在的根底感到震撼的悲伤。以往，我只是凭借孩子般的好奇心和虚假的肉感这种人工的汞合金的感情看待女人。从最初的一瞥，就被一种深刻而难以言表的且绝非我假装的一部分的悲伤所摇撼。这是从来未有的。我意识到这就是悔恨。但是，我真的有赋予我悔恨资格的罪愆吗？虽然明明是矛盾的，难道有先于罪愆的悔恨吗？我的存在本身就是悔恨吗？莫非她的身影唤醒了我的悔恨？或者，这就是罪愆的预感？

园子已经无可抵抗地站在我面前。她看我有些茫然失措，又把刚才的见面礼仪认真地重复一遍：

“让您久等了。母亲和老祖母（她的用语很特殊，说着脸就红了）一直没有做好准备，耽搁了时间。那，那就再等一会儿吧。（她又小心地改变了说法）再等上一会儿，如果她们还没到，那我们要不要一起先去 U 车站？”

她絮絮叨叨说到这里，随即截断话语，再次深深舒了口气。园子是个身材高挑的少女，她的身高抵达我额头，有极为优雅而匀称的上半身，秀美的双腿。她那不施粉脂的充满稚气的桃圆脸，好似一副天然去雕饰的圣洁灵魂的模拟像。嘴唇微微有些皲裂，或许由此而更加显得靓丽多彩。

接着，我们三言两语互致问候。我竭尽全力想快活起来，竭尽全力想做个富有智慧的青年。不过，我憎恶这样的我。

电车几度在我们身旁停下来，又发出轧轧的钝响开出了。这个车站上下的客人不很多。照射在我们身上的温馨的阳光每次都被遮挡了，然而，随着车体的离去，和暖的太阳重新在我的面颊上复苏，使我一阵战栗。我身上承受着如此丰蕴的阳光，我的心中保有如此一无所愿的时刻，总觉得这是一种不祥的预兆，而且必然会遭遇到这不祥的预兆。比如，数分钟之后，我们所站立的地方突然遭到空袭，我们都一起被炸死。我们的心情不配享有些微的幸福。然而，反过来说，我们却染上了将仅有的一点幸福看作恩宠的恶习。这么说来，我和园子言语无多的相逢相见，在我心中产生的效果正在于此。左右园子的行动的，无疑也是同一种力量吧？

园子的祖母和母亲很迟才赶来，好几班电车驶过去了，我们随便乘上一班车前往U车站。

在U车站杂沓的人群中，我们被大庭先生叫住了。他也是去探望和草野在同一个部队里的儿子的。这位中年银行家，依然顽固地戴礼帽，穿西服，手里牵着女儿。她和园子忒熟，但长相比园子差得远，这使我感到莫名的喜悦。这种感情究竟是怎么回事呢？园子想亲切地同她交叉的两手相握，可她一下子甩开了。看到她那副天真调皮的样子，想到园子作为美好特权的优柔的宽容，觉得她比实际年龄显得更加成熟。看到这些，我终于弄明白了。

车上很空，我和园子仿佛很偶然地面对面坐在窗边。

大庭先生一行加上女佣一共三人。我们好不容易凑在一起的是六个人。算起来，九人坐在一横排里还剩一个人没有座位。

我装着一无所知，暗暗飞快地算计着。园子也和我一样吧？两人相向着“咕咚”一声坐下来，恶作剧般地相视而笑。

经过一番颇伤脑筋的考虑，最后大伙儿只得默认了我俩这个孤独的小岛。遵照礼仪，园子的祖母和母亲和大庭父女俩相对而坐，园子的小妹妹毕竟是妹妹，立即捡个既能看到妈妈的脸，又能观赏窗外风景的地方坐下了。她的小姐姐挨在她身边。因此，这样的座次就成了大庭家的女佣照顾两个小大人般的女孩儿的运动场。破旧的座椅将他们七个人同我和园子隔离开来。

列车还没有启动。越过椅背我注意到，那一伙儿人被大庭先生滔滔不绝的谈吐制服了。他那低声下气的女性般的音调，绝不给别人洗耳恭听之外的权力。就连草野家能说会道、人老心不老的祖母，也只有呆呆听讲的份儿。祖母和母亲“啊、啊”地应和着，关键的地方赔上一阵笑。大庭先生的女儿也一言不发。不一会儿，列车开动了。

驶离车站，阳光透过污秽的玻璃窗，照射在凹凸的窗框，以及园子和我穿着外套的膝头上。她和我都在默默无言地倾听邻座的谈话。有时候，她嘴边浮起一丝笑意，那微笑立即传染了我。每当这时，我们就相互看看。于是，园子旋即逃离我的视线，又在倾听邻座的谈话，双目炯炯，一副淘气而无忧无虑的样子。

“我到死也要穿着这身衣服去死。如果穿国民服[1]、打着绑腿去死，那死也不会瞑目的，不是吗？我不让女儿穿长裤，如果死，我要叫她死得像个女人的样子，那才是做父母的慈悲之心，不是吗？”

“啊，啊。”

1　二战中，日本国民统一穿着的类似军服的制服。

“说点儿别的事吧，疏散物品的时候，给我打声招呼。家里没个男人，处处不方便啊。不管什么事儿，尽管对我说好啦。”

“那就难为您了。”

“我们把T温泉场的仓库整个儿租下来了。我们银行职员的东西都转往那里。那地方很安全，只管放心。钢琴什么的，都可以放在那儿。”

“真是麻烦您啦。”

“还有件事儿，您家儿子所在部队的那个连长倒是个好人，挺享福的啊。我家儿子的那位连长，听说连前来见面的家属携带的食品都要克扣。这么说来，真是天壤之别啊！据说见面第二天，那位连长就得了胃痉挛。”

“哎呀，呵呵呵。”

园子再次掩住唇边的微笑，似乎有些不安。她从手提包里掏出一本袖珍本小书。我有些不情愿她那样。不过，对那书名倒颇感兴趣。

“什么书？”

她朝我展开书脊，微笑着，扇子般地举在面前。我看到写着《水妖记》[1]，括弧内注着 *Undine*。

1　德国浪漫派作家莫特·富凯（一七七七至一八四三）的代表作，是一部描写水妖和骑士爱与死的故事。此书最早由徐志摩译成中文，书名《涡堤孩》。

后边的座席上有人站起来，是园子的母亲。看来她想去制止又蹦又跳的小女儿，同时又可以逃脱大庭先生的喋喋不休。然而，不仅如此。母亲将这个爱嬉闹的小女孩儿和她的早熟的小姐姐，领到我们的座席边来，说道：

“呶，就让两个小淘气加入你们一伙儿吧。”

园子的母亲是位优雅、漂亮的女子。她那一副装点着阴柔语调的微笑，有时甚至显得有些惨淡。她说这话时的微笑，使我也觉得有几分凄怆的不安。母亲离开后，我和园子又互相瞟了一眼。我从胸前口袋里掏出日记本，撕下一片纸，用铅笔写着：

你母亲似乎觉察到了。

“什么事？”

园子斜斜伸过头来，泛起一股孩子般的发香。她看罢纸上的字句，脸颊一直红到了脖根，随即低下头来。

“哎，不是吗？”

“啊，我……”

我们又互相望望，彼此心照不宣。我的脸颊也热辣辣的。

“姐姐，那是什么？”

小妹妹伸过手来，园子蓦地藏起纸片。那位稍大的妹妹似乎看出了其中的奥秘，显得很是不悦，一直绷着脸孔。看到小妹妹受到过分的呵斥，她似乎悟出了一切。

趁此机会，我和园子反倒很投机地交谈起来。她谈起学校里的事，谈起以往读过的几部小说，还有哥哥的事。我有我的做法，我只谈了一般的事情。这是第一步的诱惑。我们亲密地交谈着，却忽略了两个妹妹，她们又回到原来的座席上去了。于是，母亲困惑地笑笑，把这两个不太中用的监视者，重新领回到我们身旁。

当天夜晚，我们住在草野所在的部队附近 M 市的旅馆里。马上就到就寝的时刻了，大庭先生和我分配在一个房间。

只有我们两人时，银行家宣讲了他露骨的反战思想。到了昭和二十年（一九四五年）春天，反战论满天飞，我都听厌了。他谈起一家贷款的大陶瓷公司，在弥补战争灾害的名义下，计划为实现和平而大规模生产家用陶瓷。他还压低声音提起向苏联讲和的事情，絮絮叨叨，让人受不了。我自己还有些事需要独立思考。他摘掉眼镜，脸孔显得有些浮肿，沉没在台灯所扩散的阴影之中。两三声单纯的叹息，缓缓弥散于整个被褥，不久就打起鼾来。我一边感到裹在枕头上的枕巾刺在有些发热的脸孔上，一边陷入了沉思。

单独一个人时，我总是被一种威胁我的阴郁的焦躁所折磨，再加上今早见到园子时撼动我存在的根底的悲戚，再次鲜明地浮现于我的心中。它揭穿了我今天一言一句、一举手一投足的虚伪。这种对于虚伪的断定，比起误以为全都是虚伪那种痛苦的断定，总觉得宽慰一些，因此，进一步揭露这种虚伪的方法，对我来说随即变得心安理得了。逢到这种时候，我对于所谓人的根本条件、所谓人心的根本组织的那种执拗的不安，只能将我的内省堂皇地引向没有任何结果的循环。别的青年是怎样的感觉呢？正常的人们是怎样的感觉呢？这种强迫观念苛责着我，将我自以为确实获得的幸福的躯壳，猝然打得粉碎。

那种“演技”已经化为我的一部分组织，它早已不是演技了。将自己装扮成正常人的意识，侵蚀着我心中本来的正常，似乎一一数落着它，使它也变成那种装扮起来的正常。反过来说，我正在逐渐变成一个只相信虚假的人。若是这样，我对园子内心的接近，从一开始就被认为是虚假的。这种感情，或许实际上是想变成真实的爱的一种欲求，戴着假面而出现了。如此一来，我可能就变成一个甚至不会否定自己的人了。

终于昏昏欲睡起来。那种不祥的却有着某些魅力的响声，震荡着大气，向这边传来。

“这不是警报声吗？”

我对银行家的易醒感到惊奇。

“这个嘛……”

我有些不置可否地回答。警报一直低微地继续着。

见面的时间定得很早，大家六点就起床了。

“昨晚响警报了吧？”

“没有。”

在盥洗室互致早安时，园子极为认真地加以否认。园子回到房间，这件事成了妹妹们取笑她的好材料。

“只有姐姐没听到，哇，好奇怪啊！”

小妹妹也跟着凑趣。

“我也醒来了。听到姐姐打鼾的声音很大很大。”

“是呀。我也听见了。她的鼾声很猛烈，所以听不到警报声。”

“我说了。拿出证据来嘛！”园子当着我的面，涨红了脸极力分辩道。

“撒这样的大谎，以后将会很可怕的呀。”

我只有一个妹妹，打从幼年起就向往有很多姐妹的热闹的家庭。这种半真半假的姐妹间的吵吵闹闹，在我眼里是世上幸福最鲜明的确实的反映。这种映像再次唤醒了我的痛苦。

早餐时的话题，都是有关昨夜警报的事。这恐怕是进入三月以来第一次拉响警报。得出的结论是，只是停留于警戒警报，还没有响过空袭警报，结论是只管放心就是了。至于我，怎么都无所谓。我不在家时，全家被焚毁，父母兄妹都被炸死，反而干净利索。我也不特别觉得这种幻想有什么冷酷薄情。可以想象的事情每天都会平静地发生，因此，我们的想象力反而变得贫乏了。例如，全家毁灭的想象，比起银座街头洋酒罗列、银座的夜空彩灯闪烁的想象要容易得多，随时都能做到。所谓没有阻力的想象力，无论带有如何冷酷的面孔，都与内心的冷酷无缘。这只不过是一种怠惰的不温不火的精神而已。

昨晚我一个人时，扮演的净是悲剧角色。今天早晨走出旅馆，我简直判若两人，一副轻薄的骑士的架势，一心想帮园子拿行李。这种做法，是故意想当着众人的面赢得一定效果。这么一来，她的顾忌，较之对我的顾忌，更多地意味着是害怕引起祖母和母亲的猜疑，其结果，她反倒欺骗了自己。园子应该明白，她越是避忌祖母，就越显示出对我的亲密。这种小小的策略奏效了。皮包一旦到我手中，她就理所当然地不再离开我身边了。虽然有年龄相仿的朋友，园子也不再同她搭话，只是一味跟我交谈。我怀着奇妙的心情时时注视着园子。早春时节卷着尘土的逆风，吹散了园子哀切而无垢的娇音。我忽高忽低地耸动着穿外套的肩膀，掂了掂她的皮包的重量。这重量在为盘踞在我内心深处的愧疚做辩护。

快要来到郊外时，祖母首先叫苦了。银行家折回车站，使出巧妙的一手，为大伙儿叫来两辆出租车。

“哎呀，好久不见啦。”

我和草野握手。我的手像触到了龙虾壳，感到有些畏缩。

“你的手……怎么啦？”

“嘻嘻，觉得奇怪吧？”

他已经具有了新兵特有的略显凄苦而招人疼爱的性情。他并起双手伸到我面前，鲜红的裂口和冻疮，坚硬地黏结着尘埃和油垢，制造了这双虾壳般令人心疼的，而且又是湿漉漉的冰冷的手。

这双手威慑着我的方式，一如现实威慑着我的方式。我对这双手感到本能的恐惧。其实，我害怕这双无情的手对我内心的告发，对我内心的控诉。我害怕在这双手前面，对任何事情都无法造假。想到这里，我感到园子这个另外的存在，就意味着是我抵抗这双手所谓柔弱良心的唯一的铠甲、唯一的锁帷子。我感到我无论如何都必须爱她。这就是我内心深处的客观存在，它比心中的愧疚隐藏得更深……

一无所知的草野天真地说：

“洗澡时不用搓澡的手巾，光用手就行了。”

他母亲轻轻叹了口气。这样的场合，我只觉得自己是个无耻的多余者。园子一无所感地仰望着我，我低下了头。有些事纵然很紊乱，我总觉得应该向她道歉一番才是。

“咱们到外面去吧。”

他稍显粗暴地推了推祖母和母亲的后背。各个家庭，团团围坐在寒风凛冽的营房枯草地上，拿出好东西来给预备役新兵们享用。遗憾的是，我反复擦亮眼睛，也没发现一处美好的情景。

不一会儿，草野也盘坐在家人中央，一边大嚼着西洋点心，一边目光炯炯地望着东京方向的天空。从这块丘陵地，可以望见枯野对面的盆地里，分布着M市广大的市街。更远方一带低伏的山峦重叠的间隙，就是东京的天空。早春的寒云在那里布下稀薄的阴影。

“昨晚，那地方一片火红，好可怕呀。不知你家有没有保住。以前的空袭，那里的天空没有这样红过啊。”

——草野独自一人滔滔不绝，他说祖母和母亲再不疏散，他每晚都睡不好觉了。

“知道了，那就早点儿疏散吧。奶奶和你说定了。”

祖母随口应和。接着，她从和服腰带里掏出小小笔记本，以及像牙签似的自动铅笔，一笔一画地写着什么。

回程的列车气氛阴郁。在车站会合的大庭先生也一反常态，一路上沉默不语。寻常人们隐蔽于内里的那种所谓“骨肉情爱”，整个儿被翻转过来，被痛烈的感想征服了。一颗赤裸的心，仿佛只是为了见上一面，此外再无其他表示。他们见到了儿子、哥哥、孙子或弟弟之后，那颗赤裸的心，只不过感受到一种互相夸示无益的出血的空漠之情。而我呢，只是一味地追索着那双令人怜爱的手的幻影。掌灯时分，我们所乘的火车抵达O站，从这里再换乘省线电车。

在那里，我们首次看到昨夜空袭后的惨象。线路天桥上挤满了受灾民众。他们裹着毛毯，单单瞪着一双无所视无所思的眼球。一位母亲以同样的幅度晃动着膝头上的孩子，似乎打算永远这样晃动下去。一个姑娘伏在行李上睡着了，头发上插着一半烧焦的纸花。

我们一行从他们中间穿过，并未遇到苛责的眼神。我们存在的理由只是为了同他们分担不幸。就连这种存在的理由也被他们抹杀，被当作影子一般看待。

尽管如此，我心中依然有一种东西燃烧起来。排列在这里的“不幸”的行列，给了我勇气和力量。我理解了革命所带来的昂奋。他们看到意味着自己存在的各种家什被大火包围，看到人与人的关系、爱憎、理性和财产等，也都被眼前的大火所吞没。当时，他们不是同大火战斗。他们是同人与人的关系战斗，同爱憎战斗，同理性战斗，同财产战斗。当时，他们就像遇难的船员一样，他们被迫接受了一个人为活着，可以杀死另一人的条件。誓死营救恋人的男子，不是被火烧死，而是被恋人所杀。誓死救出孩子的母亲，正是被自己的孩子所杀。在这里互相厮杀的，正是各种人世上不曾见过的普遍而根本的条件。

从他们身上，我看到这幕惊人的戏剧留在人们外表上的疲劳的印记。我身上迸发出某种热烈的确信。虽然只是数个瞬间，我却感到我的关系着人的根本条件的不安，被彻底地拂拭掉了。我真想仰天长啸。

我如果稍稍富有内省力，稍稍富有智慧，我或许会仔细品味那样的条件。然而，滑稽的是，一种灼热的梦想，驱使我的胳膊第一次绕上园子的胴体。抑或这小小的动作告诉我，所谓“爱”这种称呼，已经没有什么了不起了。就这样，我们走在一行人的前头，疾步穿过晦暗的天桥。园子没说一句话。

然而，奇怪的是，当我们乘上省线电车，坐在一起，相互看着的时候，我发现园子凝望着我的那双略显局促的眼神里，放射着黝黑而柔和的光辉。

换乘上都内环状线，车内有九成的乘客都是难民。这一带更明显地飘散着焦味儿。人们颇为自豪地高声谈论着自己经受过的这场灾难。他们真正是“革命”的群众。为什么呢？因为他们是怀抱着光辉的不满的、充溢的不满的、意气昂扬而兴高采烈的不满的群众。

我在 S 站独自一人同大家告别，她的皮包又回到她手中。沿着黑暗中的道路回家，一边摸黑走路，一边多次记挂着自己手里早已没有那只皮包了。由此可知，对于我来说，那只皮包在我们之间起到多么重大的作用啊！那是一件小小的苦差事，但在我，为了不使良心攀上制高点，得有一枚秤砣压住，换句话说，这种苦差事还是需要的。

家里人带着若无其事的表情迎接我。说起东京，真是广阔。

两三天后，我带着为园子借的书到草野家去。逢到这种场合，一个二十一岁的小伙子，为一个十九岁的少女选书，不用问书名也大体能猜中要读哪些书。自己干了件寻常事，这使我特别高兴。听说园子到附近去了，马上就回来。我就在客厅里等她。

其间，早春的天空阴沉得像黑墨，下起雨来了。看来，园子在路上淋雨了，头发上闪耀着晶亮的水滴，走进昏暗的客厅。园子瑟缩着肩膀坐在长沙发黑暗的一角，嘴边依然挂着一丝微笑。红色夹克衫胸前的两团凸起，从微暗中浮现出来。

我们是那般彬彬有礼、言语无多地交谈着。这是第一次只有我们两个待在一起。我这时终于明白，上次短暂的旅行，来往火车上那种轻松对话的氛围，其中十之八九是邻座的谈论和两个妹妹造成的。就连那回将写在纸片上的一行情书交给她的勇气，眼下也不留痕迹了。比起上次来，我的内心更加谦恭了。我这个人，一旦置自己于不顾，就会变得诚实起来。就是说，我在女人面前，并不害怕会变成这样的人。难道我忘掉了演技，那种完全作为一个正常人进行恋爱时所做的程式性的演技？不知是否这个原因，使我感到我简直完全不像是爱着这个鲜丽的少女。尽管这样，我的心情依然很好。

骤雨初歇，斜阳照进室内来。

园子的嘴唇和眼睛闪耀着光亮。她的美丽被转化为我的无力感降临头上。于是，这种苦涩的思虑，反而使她的存在变得迷茫起来。

“就连我们，”我开腔了，“真不知能活上多久。今天不是响警报了吗？那架飞机也许装载着轰炸我们的炸弹呢。”

“那该多好啊。”她顽皮地揉弄着苏格兰斜纹呢裙上的襞褶，边说边抬起头来。这时，她的脸孔镶着一圈儿绒毛的光辉。“不知怎的，当无音的飞机飞来的时候，我想要是撂下一颗炸弹……您不这样想吗？”

这是园子自己都未觉察的爱的告白。

“嗯……我也这么想。”

我理所当然地回答。园子不会知道，这种回答有多少是根植于我内里的深刻的愿望。然而想想，这样的对话真是滑稽至极。若在和平的世上，不互相爱到最后是不会说这种话的。

“生离，死别，好不令人心烦啊！”我有些难为情地故意调侃道，“你不觉得这样吗？这种时代，分别是常事，相会是奇迹……我们能在一起充分交谈，仔细想想，或许也是一种奇迹性的事件哩……”

“嗯，我也是……”她欲言又止，接着，又以极为认真而又平静和愉快的心情说道，“刚刚见面，我们又要很快离别了。祖母急着要疏散呢。前天一回家，就给N县某村的伯母发了电报，今早，那边回了长途电话啦。电报上说：‘请代找房子。’回答说，找是找了，眼下没有空房子。伯母说了，那就疏散到他们家去吧，热热闹闹，倒也挺高兴的。祖母是个急性子，她回人家说，两三天内就搬过去。”

我没有轻易附和。我心中受到的打击，连自己也觉得很沉重。我的一番愉快的心情，不知不觉引发一种错觉：一切都按原来状态，今后的日月两人不再分离。从更深层的意义上说，这对于我是双重错觉。她宣告别离的话语，告诉我今天的幽会是虚妄的，揭露了眼下这场喜悦的假象。她一举摧毁了我误以为是永恒之物的幼稚的错觉，同时，即使不面临离别，男女之间的关系，也不允许一切都停留于原来的状态。这种觉醒，也摧毁了另一个错觉。我痛苦地醒悟了。为什么不能保持原样呢？少年时代问过千百遍的问题，又浮现在唇边了。莫非我们都被赋予一种奇特的义务，去摧毁一切，转移一切，将一切置于流转之中吗？这种极端令人不快的义务，就是世界上的所谓“生”吗？这对于我不是一种义务吗？至少只有我感觉到这种义务的沉重。

"哦，你就要走了……其实，你即便留在这儿，我不久也要走的。"

"到哪儿去啊？"

"三月末或四月初，我还要进入一家工厂。"

"那很危险，会遭空袭的呀。"

"嗯，是很危险。"

我很气馁地回答她，急匆匆回家了。

第二天一整天，我都过得十分安逸，因为我免除了必须爱她的义务。我兴高采烈地高声歌唱，一脚踢飞可憎的《六法全书》。

这种奇妙的乐观状态，整整持续了一天。我孩子般睡得很香。深夜的警报声，冲破了我的梦境。我们全家一边发牢骚，一边躲进防空壕。结果平安无事，不久便听到警报解除的消息。我在防空壕里昏昏欲睡，头戴钢盔，肩挎水壶，最后一个钻出地面。

昭和二十年的冬天很难熬。春天像豹子一般悄悄走来，但冬天依然像铁槛，阴暗、顽固地阻拦在面前。明丽的星光下，还有闪耀的冰层。

我睁开惺忪的睡眼，在镶着一圈光亮的常绿树的叶丛中，看到几颗渗着暖光的星星。凛冽的夜气掺进我的呼吸。突然，一种观念压倒了我：我爱园子，却不能和园子一块儿生活，这世界对于我一文不值。心中的声音叮咛我：要是能忘却就忘却吧。我的心中涌起一股撼动我的生存根底的悲观情绪，就像后来我急不可待地在早晨的月台上发现园子的时候那样。

我坐立不安。我捶胸顿足。

虽然如此，我还是坚持忍耐了一天。

第三天傍晚，我又去看望园子。大门口一个职工打扮的人在捆绑行李。他在沙地上用草席将一件长长的东西包起来，再绑上一条粗绳子。看到这番景象，我心里很不安。

园子的祖母来到门口。祖母身后堆积的行李已经收拾停当，只待装车运输了。大门内满地都是碎稻草。我看到祖母满脸困惑的表情，决心不再见园子，立即回家。

“请把这本书交给园子。”

我像一个书店的伙计，拿出两三本有趣的小说。

“麻烦你好几回了。”——祖母说道，她没打算叫园子，“我们全家明天晚上启程到某村去。一切都还顺利，没想到能这么快就出发。这座房子租给 T 先生，作为 T 先生公司的集体宿舍。实在有些舍不得呀，孙女们都喜欢同你亲近呢。今后请常到某村来玩啊。一旦安置妥帖，一定写信来，请你一定来玩。”

听到这位社交家祖母的一番话，我没有感到什么不快。祖母有条不紊的一番表白，就像她那一口过分整齐的假牙，仅仅是无机质的排列而已。

“希望大家健康地生活下去。”

我只说了这么一句，也没有提及园子的名字。当时，也许是我的踌躇招致的结果，里面楼梯的转弯处，出现了园子的身影。她一手捧着放帽子的大纸盒，一手抱着五六本书。高窗射下来的光线燃亮了她的头发。园子一眼看到我，急切地喊了一声，使得祖母不由得一惊。

“请等一等。”

接着，她浪里浪气地咚咚咚跑回二楼。我望着满脸惊讶的祖母，心中颇为得意。祖母连忙道歉，说因为收拾行李，家中弄得乱糟糟的，也没个空屋子招待你，说完急匆匆回里屋去了。

过一会儿，园子满脸绯红地跑下楼来。我站在门内的角落里，她走到我面前，一言不发地穿好鞋子，说要送我一程。她那下命令般的高昂的语气里，具有感动我的力量。我像个不谙世事的孩子，一边摆弄着制帽，一边瞅着她的一举一动。心里觉得有种东西猛然制止住了脚步。我们互相依偎着来到门外，默默地踏上直通大门口的石子坡路。园子突然停住脚，重新系鞋带，不知为何花了那么长时间。我又回到门边，一面眺望道路，一面等着她。我不知道，这位十九岁少女竟然有这么可爱的一招。她的意思是想叫我先走在前头。

突然，她的胸脯从后面撞到了我穿着西服的右臂。好比一场车祸，这种碰撞来自一种偶然的大意。

“……哎……这个。”

坚硬的西式信封的一角，刺疼了我的掌心。仿佛绞杀一只小鸟，我差点儿握碎了那只信封。不过，我不太相信那封信会有这么大的分量。手中攥着颇带女学生趣味的信，那是不好随便看的，但我还是不得不瞥了一眼。

“等会儿回家以后再看吧。”

她似乎喘不出气来，嘀咕着。我问道：

“往哪儿回信？”

“信里……写着呢……住所某村。就寄往那里好了。”

好不奇怪，别离对于我，一下子变成乐事。就像捉迷藏，当了小鬼的人一数数字，大伙儿各自分散着藏起来，那一瞬间真叫人高兴。我具有奇妙的天分，对任何事都能尽享其乐。凭着这个怪邪的天分，就连我的怯懦，在我自己眼里也时时被误认为是勇气。然而，这种天分也可以说是人的天真的补偿，它对人生没有任何索取。

我们在检票口分别了，手也没有握一下。

平生第一次收到情书，令我欣喜若狂。不等回家，也不怕人家看见，我在电车上就把信拆开了。于是，一摞剪纸卡片和教会学校学生所喜欢的外国彩色画片，险些滑落下来。

里边叠着一张蓝色信笺，迪士尼的狼和儿童漫画下面，规规矩矩地写着这样的文字：

> 谢谢您借书给我，实在太感谢了。我全都津津有味地阅读了。空袭下，衷心祝愿您健康地生活。我到那边一旦平静下来，还会给您写信的。住址：××县××郡××村××号。随信附带一点儿小礼物，不成敬意，望您收下。

这是多么重要的情书啊！先前的高兴劲儿一下子冷却了。我面色惨白，大笑起来。谁会给你回信呢？至多回封印制的明信片就完事了。

但是，回家前的三四十分钟之内，当初要写回信的要求，渐渐为开始的“欣喜若狂的状态”做辩护了。我立即想到，那种家庭教育，是不可能教会她如何写情书那套办法的。因为是第一次给男友写信，各种困惑无疑束缚着她，使她手中的笔战战兢兢。比起这封没啥内容的信更具内容的东西，确实已由她当时的一举一动做了说明。

突然，从另外的角度袭来的愤怒紧紧抓住了我。我对《六法全书》大发脾气，一脚将它踢到墙角里。这是多么荒唐的举动啊！我不由得自责起来。面对十九岁的少女，巴望人家主动爱上自己。你怎么就不能干净利落地展开进攻呢？

我自然明白，你逡巡不前的原因，来自那种异样的、莫名其妙的不安。这倒可以理解，那么，你为何又去看望她呢？不妨回顾一下，你十五岁的时候，过着同年龄相应的生活。十七岁时，还可以与人并肩而行。可是，二十一岁的今天，又怎么样呢？朋友说你二十岁就会死去。这预言未能实现，战死的希望也断绝了。好容易到这个年龄，竟然不知深浅地同一位十九岁的少女发生初恋，并为此束手无策。嗽，这是多么杰出的成长。到了二十一岁，才开始交换情书，你是否搞错了年月？到了这个年纪，你不是连接吻都不曾有过吗？真是没出息啊！

这时，另一个阴郁而执拗的声音又来揶揄我。这声音几乎含着温热的诚实，以及我所不曾体验的人情味儿。这声音接连不断地传来——恋爱吗？倒也很好。可是，你对女人有欲望吗？你说你只对她不抱有“卑俗的希望”，这是自欺欺人。你曾表白过，你对所有的女人都不抱有“卑俗的希望”。你打算忘掉从前的自己吗？你有何资格使用“卑俗”这个形容词呢？你不是希望看到女人的裸体吗？哪怕只一次，你想象过园子的裸体吗？像你这般年龄的男人，见到年轻女子，怎么可能不想象她的裸体呢？这是不言自明的道理。你不是擅长类推吗？至于为何这么说，你可以扪心自问。类推不是也可以做点儿修正吗？昨夜，你就寝前委身于那种些微的旧习，对吗？假若说这就是一种祝愿，那也未尝不可。举行一次小小的邪教仪式，这是人人都免不了的。代用品用惯了，使用起来感觉也不坏。尤其是这玩意儿，可是立竿见影的安眠药啊！不过，当时你心中浮现的断不是园子吧。总之，那是一副奇妙无比的幻影，横着看起来，每次都令人胆寒。白天，你走过大街，眼睁睁从背后凝望年轻的士兵和水兵。那些青年正值你所喜欢的年龄，他们被阳光晒黑了皮肤，他们远离知识，生着一副天真烂漫的口唇。你一看到这样的青年，立即打量他们的腰围。法学系毕业后，你打算去当裁缝吗？你尤其喜欢二十岁上下没有头脑的青年那种幼狮般柔软的躯体。昨天一整天，你在心里将多少这类青年变成了裸体？你暗自准备了采集植物标本的采集箱，采集了几名 ephebe [1] 的裸体带回来。就这样，你从中挑选那种邪教仪式中的生贽 [2]。选出一位你所满意的人。好了，这回可真令人目瞪口呆。你把生贽领到奇妙的六角柱旁边，然后用藏起的绳子将裸体的生贽反手捆绑在柱子上。他必须充分抵抗，充分喊叫。接着，你就诚恳地给生贽以死的暗示。这期间，一种神秘的、天真无邪的微笑升上你的嘴角，使得你从口袋里掏出锋利的小刀。你走近生贽，用刀刃轻轻触及和爱抚着那紧绷的腹胁的皮肤。生贽绝望地喊叫着，扭着身子躲避刀尖

1　古希腊受军训的成年男子。

2　祭祀时作为牺牲的活人。

儿。他吓得心脏怦怦直跳，光裸的腿脚，两个颤抖的膝盖吧嗒吧嗒不住地碰撞。刀子猛然刺入腹胁，不用说是你在行凶。生贽向后弯下身子，发出孤独而凄惨的叫喊，被刺的腹肌抽缩起来。刀子冷静地埋在起伏的肌肉里，犹如嵌进了刀鞘。泉水般的鲜血泛着泡沫涌出来，流向柔滑的大腿。

你的欢喜在这一瞬间，变成真正的人的欢喜。为什么呢？因为作为你的正常的固定观念，只有在这一瞬间才是属于你的。不论对象如何，你由肉体的深奥之处发情，这种正常的发情，和其他男人没有丝毫的不同。你的心为充溢的原始的恼怒所摇撼。你的心复苏了野人的深刻的欢喜。你的眼睛明亮，全身热血沸腾。你充满了蛮族所怀抱的各种生命的显现。Ejaculatio 的痕迹，野蛮赞歌的温暖气息，残留于你的身上，男女交合后的悲戚不再袭击你。你闪耀着放肆的孤独的光辉。你暂时漂荡在古老的大河的记忆中。蛮族们的生命力所品味的穷极感动的记忆，是否凭借某些偶然的因素，不留余地地全部占领你的性机能和快感呢？你又在为某些伪装而操心吧？有时候，你可以接触到这种人性存在的深刻的欢喜，但你不明白，这种事儿往往需要爱和精神。

索性这么做吧。当着园子的面，将你不同凡响的学位论文公布出来，怎么样？那是一篇旨意高远的论文——《关于 ephebe 的 torso[1] 曲线和血流量的函数关系》。就是说，你所选择的 torso，圆滑、柔润、充实，上面流淌的血液，能够描绘出最微妙的曲线，那才是青春的 torso 啊！奔涌的血潮显现着最美的自然的花纹——可以说是随意流贯原野的小河，或是被截断的古老大树所显示的年轮——就是这样的 torso，难道还有什么疑问吗？

这是肯定无疑的。

虽然如此，我的自省力使我将那细长的纸片翻卷过来，两端相折在一起，形成一个不见首尾的圆环拿在手中。时时猜度着，是正面，还是反面？是反面，还是正面？到后来，这个周期虽然逐渐缓慢，但二十一岁的我，只是被人蒙住眼睛围绕感情的周期轨道不住地旋转罢了。那种旋转速度，由于战争末期人心惶惶的末日感，几乎变得令人头晕目眩。原因、结果、矛盾、对立，一个个都无暇深入其间。矛盾依然是矛盾，都以瞬息即逝的速度一闪而过。

一小时过后，我一直思忖着，应该给园子写一封巧妙的回信。

……这时节，樱花开放了。人们都无暇出外赏花。东京能去赏樱的，只有我们大学我们系的学生们。我放学归来，一个人或同两三位朋友，一起去 S 池畔散步。

1　意大利语，只有躯干而无头颅和四肢的雕塑。

樱花看起来神奇、娇媚。堪称花儿戏装的红白帷幕，热闹的茶馆、赏花的人群，以及气球店和风车铺等，到处寻觅不着。常绿树丛的空隙里随处都是繁盛的花朵，使人联想到花的裸体。大自然无偿的奉献，大自然无益的豪奢，当数这春天的妖娆美艳为最。自然不是再一次征服了大地吗？我有了不快的疑惑。不过，这春的秾丽并非一般。菜花的鹅黄，嫩草的翠绿，樱树莹润润的黝黑枝干，还有那罩在树梢上的繁密的华盖，都在我眼中映出了带有恶意的妍丽的色彩。可以称作色彩的火场。

我们一边争论着无聊的法律，一边走在樱花和水池中间的草地上。那时，我喜欢听 Y 教授运用有效的讽刺讲解国际法。空袭下，教授依旧意气扬扬，继续讲授那门没完没了的国际联盟[1]的科目。我的感觉似乎是在听讲如何打麻将和下国际象棋。和平！和平！这种始终鸣响于远方的铃声，我只当作是耳鸣。

“关于物权请求权[2]的绝对性这个问题。”

乡间出身的学生 A 说道。他确是个面孔黝黑的壮汉，却因患有严重的肺浸润未能入伍。

---

1 为保卫和平与促进国际合作，一九二〇年根据《凡尔赛公约》成立的包括各个国家的联合组织。一九四六年解散。

2 物权财产权之一。一旦有被他人抢夺或占有的危险，即有权请求回收或采取预防措施。

“算了吧，真无聊。”

面色苍白的B急忙打断，一看就知道他是个结核病人。

“天上有飞机，地上有法律……嘻……”我冷笑了一声，“天上有光荣，地上有和平。”

真正没生肺病的只有我一个。我装作心脏病人。这个时代，勋章和疾病，二者必得其一。

樱花下的草地上传来一阵慌乱的足音，使得我们停住了脚步。那人看到我们甚感惶惑。那是个青年，一身脏污的作业服，趿拉着木屐。说他是青年，是由他战斗帽下垂着的短发的颜色推断的。他一副忧郁的脸色，好久未刮的稀疏的胡须，油垢的手足，以及脏兮兮的喉结，都带有同年龄无关的阴惨的疲劳。男人的斜后方，跟着一个年轻女子，她低着头，似乎正在闹别扭。她斜坠着发髻，穿着国防色[1]的上衫，套着一件奇妙、时兴而崭新的碎白花缩腿裤。他们无疑是一对征用工，在这里幽会。他们似乎旷工一天，到这里赏花来了。他们看到我们以为是宪兵，所以甚感惊讶吧。

这对恋人经过我们身边时，翻动着令人生厌的白眼珠，朝这边斜睨了一眼。我们都不打算开口。

樱花尚未满开的时节，法学系依然停课，学生被动员到

1　茶褐色，本指陆军军服的咖啡色。

离S湾十多公里外的海军工厂参加义务劳动。同时，母亲和弟妹被疏散到舅舅家里，他家在郊外有一座小型农园。东京家里留下那个老成的学仆照顾父亲。没有大米的日子，学仆将黄豆煮熟，放进擂钵里磨碎，做成吐泻物般的糜粥给父亲吃，自己也跟着吃。趁着父亲不在家时，他把仅有的一点儿副食品也偷吃了。

海军工厂的生活很轻松。我承担图书馆的工作，并参与挖洞作业。为了疏散零件车间，我和台湾少年工们一起挖掘一座地洞。这些十二三岁的调皮鬼，成了我最要好的朋友。他们教我说故乡方言，我跟他们讲神话故事。他们坚信台湾的神仙会保佑他们不被炸死，总有一天会把他们平安无事地送回故土。他们的食欲达到不合人性的地步，一个机灵鬼趁着值班厨子不注意，偷来大米、蔬菜，浇上好几勺机油做炒饭，我谢绝了那种带有齿轮气味的“美餐”。

不到一个月时间，我同园子的信来信往，变得有些特别起来。信中，我敞开心怀畅所欲言。一天上午，警报解除后回到工厂时，我拿起书桌上园子的来信，读着读着手发起抖来。我委身于微醺之中。我的嘴里多次重复着信里的一行文字：

……我很想你……

她不在，给我勇气。距离，给我“正常”的资格。可以说，我掌握了临时雇用的“正常”。时空之隔，使得人的存在变得抽象化了。对于园子的一味倾心，同与此没有任何关联的脱离常规的肉欲，或许因这种抽象化，作为等质的东西在我心中合为一体，时时刻刻，毫无矛盾地将“我”这一存在固定下来。我自由自在，日常生活欢乐无穷。传说敌人不久就会从S湾登陆，这一带将被占领。死的希冀比从前更加浓烈地徘徊身边。处于此种状态，我真正“对人生有了希望”！

四月中旬过后的一个星期六，我隔了许久又被允许外宿，住在东京的家里。我从自己的书架上取下几本书，准备带回工厂阅读，然后去郊外看望母亲他们，打算在那里住下来。可是，回程的电车遇到警报，走走停停。其间，我急剧打起寒战。一阵剧烈的眩晕、灼热的倦怠弥漫了全身。多次的经验告诉我，这是扁桃体发炎引起的。一回到家，立即叫学仆铺好被褥躺下了。

过一会儿，楼下传来女人热闹的谈话声，那声音激烈地震动着我灼热的额头。那人上楼来了，一阵风地沿走廊跑来。我眯缝着眼睛，看到了大朵花纹的和服裙裾。

“怎么啦？真是不成样子啊！”

“谁呀，那不是查子吗？”

“什么谁呀，才隔了五年就不认识了？”

她是远房亲戚家的女儿。本名千枝子，亲戚们叫得快了，就成“查子”了。她比我大五岁。上回见面是在她的婚礼上。打从去年丈夫战死之后，我听说她有些情绪失常，变得开朗起来了。看到她兴高采烈的样子，也无须再向她致以哀悼之意了。我呆然沉默着，看着她那头上的白纸花，觉得大可不必如此。

“今天我有事找阿达来了。”她呼喊我父亲达夫的名字，“请他帮我疏散行李。不久前，爸爸说，要是能见到阿达，他会给我介绍个合适的地方。”

“父亲今天可能回来得很晚，这倒没关系。不过……”——我看到她嘴唇涂得太红，有些不安，也许是发烧的缘故，她的红唇刺疼了我的眼睛，使得我的头疼更厉害了，“不过……如今，这种妆容走到外边，不会被人说三道四吗？”

“你已经到了留意女人化妆的年龄了？不过，你这样躺着，看起来就像好不容易断奶的孩子啊。”

“胡说，你走开！”

她特意挨了过来。我不愿让她看到我穿睡衣的姿态，一直将被子盖到脖颈。突然，她把手掌伸向我的额头，刺骨的冰冷很合我意，令我感动不已。

“有热度，量了没有？”

“三十九度整。”

“要用冰啊。”

“哪儿有冰啊？”

“我来想办法。”

千枝子啪啦啪啦拍打着和服衣袖，欢快地跑下楼去。不久又爬上来，安安静静地坐下了。

“我叫那个男孩子去拿了。”

“谢谢。”

我望着天花板。她拿起枕畔的书时，冰凉的缎子衣袖扫着我的面颊。我立即喜欢那凉丝丝的衣袖了。我想叫她把袖子放在我的额头上，随即又打消了这个念头。屋内晦暗了。

“小伙计太慢啦。”

一个发烧的病人，对于时间的感觉，具有病态般的准确度。千枝子所说的“太慢”，在我却觉得有些过快。又等了两三分钟，她说：

“太慢啦，他在干什么呢，那孩子？”

“我说了，不慢嘛！”

我神经质地吼道。

“好可怜呀，你生气了？把眼睛闭上，不要用那种可怕的眼神盯着天花板。”

我闭上眼睛，眼睑灼热得苦痛难支。突然，感到有个东西触到额上，同时有一缕微微的气息扫着额头。我转过脸去，无意之中叹了口气。接着，那呼吸夹着异样的温热吹来，突然，嘴唇被浓重的油腻腻的东西密封起来，牙齿发出咯咯的响声。睁眼一看，我吓坏了。这时候，冰冷的手掌紧紧夹住了我的面颊。

不久，千枝子缩回身子，我也半坐在被窝里。两人在薄暮之中互相对视。千枝子姐妹都是淫荡的女人，我清晰地看到相同的血液在她体内燃烧。然而，那种燃烧和我的病的热度，互相结成难以说明的新奇的亲和感。我完全坐起身子，说道："再来一次！"我们一直连续地吻下去，直到学仆回来。她不住地叨咕："只是接吻啊！只是接吻啊！"

——我不知道这种接吻有没有肉感。不论如何，最初经验的本身就只能是一种肉感，这个时候的辨别或许是无用的。纵然由我的酩酊抽绎出那种观念的要素也是于事无补的。重要的是，我已经成了"懂得接吻的男人"。就像一个到别人家里去的男孩子，一看见端出点心来，就马上想到，给妹妹吃该多好，我一边拥抱千枝子，一边极力想着园子。这之后，我就全然想象着是同园子接吻了。这就是我所犯下的最初的也是最严重的错误。

不过，思念园子使得这一最初的经验渐渐露出了丑态。第二天千枝子来电话时，我骗她说，我明天就回工厂。我没有如约去同她幽会。而且，这种不自然的冷淡，来自最初接吻的快感缺乏，而我却对这一事实紧闭双眼，一心想着园子。我深深感到这是很丑恶的事。我第一次将对园子的爱，当作自己的借口。

犹如一对初恋的少男少女，我同园子交换了照片。她来信说，她把我的照片镶嵌在项链的坠子里，挂在胸前。可是，园子寄来的照片很大，只能放在文件包里。因为装不进内衣口袋，只好裹在包袱皮里带着走。下班后害怕工厂失火，回家时也拿在手里。一次，回工厂时，夜班电车上突然遇到拉警报，电灯熄灭了。过会儿要疏散，我到行李架上摸索一番，结果，包着照片的包袱皮连同那只大包都被盗了。我骨子里很迷信，心中深感不安。打从那天起，我就觉得应该尽快去见园子。

五月二十四日夜间的空袭，就像三月九日深夜的空袭一样，决定了我的行动。抑或我和园子之间，很需要这些众多的不幸所释放的一种瘴气。就像某种化合物必须有硫酸作为媒介才行。

旷野和丘陵连接处，挖掘了无数防空壕，我们藏在里面，看到东京上空一片火红。不时传来爆炸声，反射到空中，可以窥见云层的间隙里奇妙的白昼似的蓝天。这是出现于暗夜中一瞬的蓝天。无力的探照灯，简直就像迎接敌机的聚光灯一样，那淡淡的交叉成十字形的光束中央，每每闪现出敌机的羽翼，一个个向东京附近的探照灯传递光束，起着殷勤的诱导作用。最近，高射炮的炮击也是零零星星地进行着。B29[1]能够顺利飞抵东京上空。

由此就能辨认出东京空战中的敌我形势吗？尽管如此，以血红的天空为背景，一旦看到被击中而坠落下来的机影，看热闹的人就一片欢呼。闹得最厉害的是少年工们。各处的防空壕里，像看戏一般，不断腾起鼓掌声和吆喝声。我以为，对于这里远观的群众来说，坠落的飞机不论是敌人的还是我方的，本质上都没有什么不同。所谓战争，本来就是如此。

第二天一早，我沿着不通车的私营铁路线的半边铁轨，踏着还在冒烟的枕木，渡过一半烧焦的铺着长条细木板的铁桥走回家去。我发现只有我们家附近保存完好，没有遭到战火。偶尔回来住宿的母亲和弟妹，在昨夜的火光熏染下，反而显得更精神了。为了庆祝幸免于难，我们从地下挖出窖藏的羊羹罐头一起享用。

“哥哥正在热恋着吧？”

我一进屋，十七岁的生性活泼的妹妹问道。

“听谁说的？”

“我早知道了。”

“我就不能喜欢谁吗？”

“不是这意思，什么时候结婚呢？”

1　“二战”中美军最大型四引擎轰炸机，波音公司制造，主要用于对日作战。

我很愕然。当时的心情，就像一个逃犯听到毫不知情的人偶然提起自己的犯罪事实一般。

“什么结婚？我才不干呢。”

“不道德。一开始就没打算结婚，怎么就恋上了呢？哎呀，这怎么行啊。你们男人，真坏！”

“再不快些逃走，我可要洒墨水了。”剩下一个人时，我嘴里不住地叨咕，“可不是吗，结婚这种事儿，本是这个世界常有的。然后就是生孩子。我怎么把这事儿给忘了？至少是假装忘了。结婚这种微小的幸福，由于战争的激化，产生一种不可能存在的错觉。这种实打实的结婚，对于我来说，或许就是极为重大的幸福。好不令人毛骨悚然的重大……”此种想法，促使我很矛盾地下定决心，今明两天必须见到园子。这就是爱吗？抑或一种不安存在于我们的内心时，总是以奇特的热情的形状又在我们身上表现出来。那不正是“对于不安的好奇心”之类的东西吗？

园子，以及她的祖母和母亲，好几次写信邀我去玩。我给园子写信说，住在她伯母家里很不自在，托她为我找旅馆。她查遍某村里每家旅馆，都没有找到空房间。要么是官府的办事处，要么是软禁德国人之地。

旅馆——这是我的幻想。我从少年时代就有的幻想实现了。这也是我所迷恋阅读的恋爱小说的坏影响。这么说来，我考虑问题的方法，有类似《堂·吉诃德》的地方。堂·吉诃德时代，有很多读者爱看骑士故事。然而，要想彻底被骑士故事所毒害，必须有个堂·吉诃德存在。我的情况与此相仿。

旅馆。密室。钥匙。窗帘。温柔的抵抗。战斗开始的约定……正是那时，正是那时，我应该是可能的。正如天外飞来的灵感一样，我的正常定会燃烧起来。犹如妖魔附身，我应该转化为另一个人，一个真正的男人。只有那时，我才可以肆无忌惮地拥抱园子，竭尽全力地爱她。我可以丢掉一切疑虑和不安，打心眼儿里对她说："我喜欢你。"从那天起，我会沿着空袭下的街市，一边走一边高喊："她是我恋人！"

罗马式的艺术风格中，蔓延着对于精神作用的微妙的不信感。这种不信感，往往导向梦想中的一种不伦行为。梦想，并非人们思考中的精神作用，毋宁说它是逃避精神的。

但是，旅馆的梦，并没有作为前提而实现。园子再三写道，某村的旅馆全部客满，只能住在家里，我回信表示同意。疲惫般的安堵征服了我，无论如何，我都不愿将这种安堵曲解为绝望。

六月十二日，我出发了。海军工厂方面，全厂的人们逐渐散漫起来，要想请假，随便都能找到借口。

火车里很脏，也很空。战时有关火车的回忆（除却那次愉快的旅行），为何都是如此的惨象呢？这回，我又在孩子般凄清的固定观念的折磨下，摇晃于车厢之中了。我思忖着，这次一旦住下来，不和园子接吻我是决不离开某村的。然而这种决心和那种被个人欲望引入歧途做斗争时充满骄矜的决心，迥然各异。我的心情就像一名胆小的窃贼，在头领的强迫下，极不情愿地去实行抢劫。爱的幸福刺疼了我的良心。我所寻求的，说不定是更确实的不幸。

园子把我介绍给她伯母。我立即抖擞精神，极力装扮一番。我感到大家扫兴之余都在嘀咕："园子怎么会喜欢上这种男人？一个面色如此苍白的大学生！这种男人究竟哪点儿可爱？"

我凭借这般博取大家好感的殊胜的意识，不再采取上次乘车时那种排他的行动。我辅导园子的小妹妹们学习英语，聆听祖母介绍往昔柏林时代的故事。奇怪的是，这种做法，反而使我觉得园子更加靠近我的身边了。我当着祖母和母亲的面，多次同她大胆地对视。吃饭的时候，我们在餐桌底下腿挨着腿。园子渐渐热衷于这种游戏了，她看到我听厌了祖母漫长的谈话，便背倚在梅雨时节阴霾的绿叶窗前，用指尖儿捏着项链坠子，从祖母身后对着我摇来摇去。

她那月牙儿形的领口紧括的酥胸光洁如玉，令我犹如大梦初醒！此时，从她的微笑里可以感觉到那种染红朱丽叶面颊的"淫荡的热血"。那是处女才会有的淫荡！和成熟女子不同，那淫荡似微风吹得人欲醉。那是一种可爱的恶趣，例如，就像热衷于咯吱婴儿一般。

就是这样的瞬间，我的心突然陶醉于幸福之中。很长一段时间，我都未能接近幸福这个禁果了。如今，它以凄楚的执拗诱惑着我。我觉得园子像一个深渊。

不知不觉，还有两天就要回海军工厂了，我还没有完成赋予自己的接吻的义务。

雨季里稀疏的雨，包蕴着高原一带地方。我借了辆自行车去邮局寄信。园子从为逃避征兵上班的官厅分局偷偷溜出来，这时正好是下午回家的时刻，我俩相约在邮局会合。雨雾濡湿的生锈的铁丝网内，没有人影的网球场显得一派寥落。一位骑自行车的德国少年，闪耀着湿漉漉的金发和洁白的双手，打我自行车近旁穿过。

我在古旧的邮局内等了好几分钟，门外稍稍明亮起来。雨停了，一时的晴明，也可说是故作姿态的晴明。云彩没有退，只是闪着白金般的光亮。

园子的自行车停在玻璃门对面。她的胸脯一起一伏，耸立着雨湿的肩头气喘吁吁，但健美的潮红的面颊闪现着笑意。“还等什么，冲上去！”我感到我像一只发情的猎犬。这种义务观念就是恶魔的命令。我跳上自行车，和园子肩并肩顺着村中的主干道飞驰。

我们奔驰于黑枞、红枫和白桦林之间。树丛落下明丽的水滴。她那随风披拂的黑发美艳无比。矫健的双腿快速旋转着脚踏子。看起来，这才是她生命自身的本相。经过目下不再使用的高尔夫球场入口，我俩下了自行车，沿着球场周围阴湿的小径走着。我紧张得像一名新兵。那里有一片树丛，那样的林荫也很适当。走到那里约有五十步远，最先的二十步用来和她攀谈，有必要消除她的紧张情绪。剩下的三十步，说些无关紧要的话就行了。走完五十步，支起自行车，然后观赏山色美景。于是，我将手搭在她的肩膀上，低声说："我们能这样在一起，就像做梦啊。"她随口应和了几句。这时，我就用力将她的身子揽到自己面前。接吻的要领同千枝子当时没什么两样。

我发誓忠诚于表演，既没有情爱，也没有欲望。

园子在我怀中。她喘息着，脸上飞起如火的红潮，深深地紧闭着眼帘。她的樱唇稚嫩、娇美，但依然唤不起我的欲望。可是，我却时时期待着。接吻之中，抑或会出现我的正常，我的无虚假的爱。机器在迅速运转，谁也无法阻挡。

我用嘴唇盖住她的朱唇，一秒钟过去了，没有任何快感。两秒钟过去了，依然如故。三秒钟过去了。——我明白了一切。

我脱开身子，刹那间用悲戚的神情看着园子。此时，她若能看一下我的眼睛，那么就能理解那种难以言表的爱意。对于人们来说，谁也不敢断言，那样的爱是否能够实现。然而，她却醉倒于羞耻和纯洁的满足，像小偶人一般低伏着眉头。

如同照顾一个病人，我搀起她的腕子，默默地向自行车走去。

必须逃走，必须早一刻逃走。我焦虑了。为了不使人看出我满脸忧戚，我装得比寻常还要快活。吃晚饭时，我那种幸福的样子，不论在谁看来，都与园子茫然自失的状态暗暗相合。结果，反而对我不利。

园子比平时显得更加水灵。她的容姿本来就具有故事性的一面，依然保持着故事中热恋少女的风情。当我目睹她那天真的少女之心，不论我如何佯装快乐，我这个人都没有资格拥抱她那美丽的灵魂。我对此了然于心，说出话来吞吞吐吐，所以她母亲又担心起我的身体来了。可爱的园子早已洞察一切，为了给我鼓劲儿，又摇晃着项链，暗示我“不用担心”。我不由得微笑了。

大人们看到我俩旁若无人的互相微笑，一个个露出半是惊奇半是疑惑的表情。一想到大人们在我们的未来里将会看到些什么情景时，我又不寒而栗了。

第二天，我们又来到那座高尔夫球场。我找到我们昨天留下纪念的践踏过的黄色野菊花草丛。今天，野草干枯了。

习惯这东西是可怕的。事后那种陷我于痛苦的接吻又重复一次。不过，这回就像亲吻着妹妹，这种接吻反而散放着不伦的气味儿。

“下回还会再见面吗？什么时候呢？”她问。

“这个嘛，只要美国人不在我那地方登陆。”我回答，“再过一个月，我还能拿休假。”——我满怀希望。岂止是希望，我迷信般地确信了。我确信：这一个月间，美军将从S湾登陆，我们作为学生军人全都被强征入伍，一个不剩地战死疆场。即便不是这样，谁也无法预料的巨大的炸弹，不管我在哪里都将把我炸死。我也偶尔预见到原子弹爆炸，不是吗？

接着，我们登上向阳的山坡。两棵白桦树亲如姐妹，将阴影投映在坡面上。低头散步的园子问道：

“下回见面，你送我什么礼物呢？”

“现在谈到我要带的礼物嘛。”我苦苦思索，胡乱地应和着，“白白制造的飞机，沾满泥土的铁锹，无非就是这些呗。”

“我指的不是有形的东西。”

“啊，那会是什么呢？”我越发茫然，越发被追逼得无路可走了，“这可是个难题，回头在火车上再慢慢考虑吧。”

“嗯，那好吧。”她又加了一句，声音里带着奇妙的威严和沉着的调子，“你可一定带礼物来，咱们约好了啊。”

园子用力吐出“约好了”这句话，因此，我必须立即以虚张声势的快活的表情保护自身。

“好吧，勾手指吧。”我大度地说。于是，初看起来，我们似乎天真地互相勾了指头，俄而，孩童时代所感到的恐怖，再次在我心中复苏。传说勾指头一旦毁约，那根手指就会烂掉，这种说法一直给孩子的心灵带来惊吓。园子所说的礼物，虽然没有明言，但明显意味着“求婚”，所以我的恐惧也是有缘由的。就像一个夜间不敢单独上厕所的孩子，我心中充满着这样的恐惧。

那天晚上临睡前，园子来到我卧室门口，用门帘半裹着身体，央求我再住上一天。我只是从被窝里惊愕地盯着她看，自己认为颇有把握的这一最初的误判，全盘崩溃了。如今，我望着园子，弄不清我自己究竟有着怎样的感情。

“你非走不行吗？”

“是的，非走不行。”

我干脆快活地回答，虚假的机器又开始运转了。我的这种快活本是逃离恐惧的快活，我却解释为，这是获得使她焦躁不安的新权力的优越感所赋予的快活。

自我欺瞒如今成为我依赖的准绳。负伤的人临时应急的绷带，不一定要求很清洁。至少可以说，我是想利用纯熟的自我欺瞒止住出血，迅即赶往医院。我喜欢将那座吊儿郎当的工厂想象为“重营仓”[1]，一旦明天不能回返，就免不了受到关禁闭的责罚。

出发那天早晨，我久久凝视着园子，就像游人眼望着即将离别的风景。

我明白，一切都结束了，尽管我周围的人都以为一切刚刚开始。尽管我依然委身于周围亲切的警戒中，我自己也欲图欺骗自己。

纵然如此，园子那副娴静的神态使我不安。她帮我收拾行李，检查房间的各个角落，看有没有遗忘什么东西。这当儿，她伫立窗前，眺望窗外，身子一动不动。今天又是阴天，早晨，绿叶鲜丽惹眼。看不见的松鼠晃动着树梢跑了过去。园子的背影充满着安详而又幼稚的“期待的表情”。抛离那种表情的背影离开房间，那就等于敞开橱门放着不管扬长而去，这对于一丝不苟的我来说，简直无法忍受。我走近几步，从身后温存地抱住园子。

“你一定还会来的吧？”

她的语调充满快乐和确信。这意味着什么？听起来与其说是对我的信赖，毋宁说是对于超越我而扎根于更深层的某

1　“营仓”本是旧时日本陆军兵营内的临时牢房，“重营仓”一般禁闭一日至一月之间。

种东西的信赖。园子的肩膀没有打战，她那穿着花边儿上衣的胸脯微显急促地起伏着。

“嗯，会的。只要我活着。”

我说这话，连自己都感到恶心。为什么呢？因为我这样的年龄，很希望是这样的。

“一定会来！我一定排除万难，前来见你。安心地等着我吧，你会成为我的夫人的，不是吗？”

我的感受能力和思考方法，充满如此奇异的矛盾，随处都会表露出来。这种矛盾促使我说出“也许，会的”这种态度暧昧的话来。这不是我性格的罪愆，而是超性格的作为。可以说，并非因我而有。按照惯例，只要明白这一点，就会对这个并非因我而有的部分多少抱有近乎滑稽的健全的常识性训诫。从少年时代起，我就一直锻炼自己，宁死不做那种游移不定、毫无男子汉气、好恶不分、不懂得爱而又想获得爱的人。因此，对于因我而有的部分可能成为训诫，而对并非因我而有的部分，从一开始就是一种不可能的要求。眼下，面对园子明确显示一种男子汉的风采，固然具有参孙[1]的力量，但还远远不及。于是，园子今天所看到的我的性格，一个游移不定的男人的影像，将促使我对这一形象产生厌恶，我的全部存在已经变得毫无价值，我的自负心也被打

1 Samson，《圣经·旧约》中力大无比的英雄。

得粉碎。我也不相信自己的性格和意志，至少对有关意志的部分，不能不认为是一种赝品。然而，以意志为重点的思考方法，只是近乎梦想的夸张。即便是正常的人，仅凭意志的行动也是不可能的，何况我这样的正常人，并不百分之百地保有我同园子婚后幸福生活的全部条件。如此说来，那个正常的我，仅能做出“嗯，会的”的回答吧。就连这种浅显易懂的假设，我也习惯于故意不加理睬，犹如不肯放过任何陷自己于痛苦的机会。一个走投无路之人，常用的办法就是，总是要把自己赶入认定自己是不幸的安身之地。

园子带着安详的语调说道：

“不碍的，你不会受到任何伤害。我每晚都会向神明祈祷，我的祝愿一直很灵验。”

“你很有信心。或许是这个缘故，看样子你始终都很安心，平静得怕人。”

“为什么？”

她抬起黝黑而聪明的眼眸。碰到她那没有丝毫疑惑、无垢的询问的视线，我的心乱了，答不出话来。我本来怀有一种冲动，打算将沉醉于安心中的她摇醒，但园子的眼神，将沉湎于我内心的东西摇醒了。

上学去的妹妹们前来告别。

“再见。”

最小的妹妹要同我握手，她突然用手挠挠我的掌心，逃往门外了。她站在透过树叶间隙照射下来的稀薄的光影里，高高挥动着镶有金锁子的红色饭盒袋。

祖母和母亲也来送行。车站上的告别，成为天真无邪的寻常一景。我们谈笑风生，一派和乐。不久，火车来了，我占了一个临窗的座席。我一心巴望着快点儿开车。

这时，一个明朗的声音，从意想不到的方向呼唤我，那正是园子的声音。至今每天里听惯的声音，变成遥远的新鲜的呼唤震动着我的耳鼓。这的确是园子的声音，这种意识恰似一道晨光射进我的胸间。我朝发出呼声的方向转过眼去。她钻进职员出入口，抓住靠近月台烧焦的栅栏，格子花纹开襟上衫的众多的花边儿随风飘拂。她对我睁大着那双水灵灵的眼睛。列车开动了。园子略显几分厚重的红唇，似乎欲言又止地嘀咕着什么，离开了我的视野。

园子！园子！随着列车每一次晃动，她的名字就在我心中浮现。在我看来，这是一个难以形容的神秘的名字。园子！园子！这名字每念叨一次，我的心就被挤压一次。极度的疲劳，随着名字的反复，越发惩罚般地沉重了。我想对自己说明这种透明的痛苦的性质，却发现这是个无以类比的难题。由于这种痛苦和人类理应具有的感情轨道相距甚远，对我来说，就连从中感知这种痛苦也是困难的。这就好比正午时分一个等待鸣午炮的人，过了时刻也未听到午炮鸣响，他痛惜之余，只得向苍穹各处探寻午炮为何沉默。这是恐怖的疑惑。整个世界，只有他一人知道正午时分午炮没有鸣响。

一切都完了，一切都完了。我嘀咕着。我的叹息一如未被录取的胆小的落榜生的悲叹。失败了，完了！落下那个X，所以错了。要是先解决X，就不会是现在这个样子。对于人生的数学，我有我的解法。其实，只要运用和大家相同的演绎法就好了。我这个半吊子小聪明，比什么都可恶。只有我一人是依据归纳法，所以失败了。

我甚是惶惑不安。坐在前边的乘客满怀疑惧地瞅着我的脸色。她们是穿着宝蓝制服的红十字护士，还有那位母亲模样的贫妇。我留意到她们的视线，朝那护士瞥了一眼，这位像酸浆果一般面孔通红的胖姑娘，对着腼腆的母亲撒娇道：

“哎呀，肚子饿坏了。”

“还早呢。”

“人家饿了嘛，哎哟，哎哟。”

“哎呀，真是没办法。”

做母亲的终于认输了，拿出饭盒来。饭菜很单调，比起我在工厂吃的东西还差一大截。两片腌萝卜，其余全是山芋饭。护士大口大口地吃起来。人类吃饭的习惯，没有比这更无意义的了。我揉了揉眼睛。不久，我发现这一观点来自我对生存欲望的完全丧失。

当晚回到郊外的家，我平生第一次真正地打算自杀。思来想去，我又提不起劲儿来了，以为自杀是很滑稽的行为。我先天性地缺乏失败的兴趣，再加上犹如秋天丰穰的收获，我周围堆积着众多的死：死于战祸，殉职，伤病死，战死，车祸，以及因疾病而死等，无论哪一种死，都不能不预示着我的名字。死刑犯不会自杀。不管怎么说，这时不是适合自杀的季节。我等待着什么人杀死我。但是，这和等待什么人拯救是同样的事情。

回到工厂两天之后，我接到园子热情洋溢的来信。这是真正的爱。我感到嫉妒，养殖的珍珠对于天然珍珠难以容忍的嫉妒。虽然如此，这个世上哪里会有由于爱而嫉妒深爱自己的女人的男人呢？

园子同我分别后，骑自行车上班去了。她精神恍惚，同事们问她，身体是否哪里不舒服。她处理文件时老是出错。回家吃罢午饭，又沿着上班的小路绕到高尔夫球场，把自行车停在那儿。她望着黄色的野菊花被践踏的那块地方，然后望着火山山麓，随着雾气消散，展开一派带有明朗光泽的赭红色。接着，山峡之间升起暗淡的水雾，那两棵亲如姐妹的白桦树，微微预感般地抖动着绿叶。

正当我在火车上煞费苦心，算计着如何逃脱园子的爱的这一时刻！……但是，我时时都有这样的瞬间，以便安心地委身于抑或最接近真实而可爱的借口之中。这种借口就是：

“正因为我爱她，所以必须逃离她。”

此后，我好几次写信给园子，那副笔调虽然没有任何发展，但也不见冷却的迹象。她来信告诉我，不到一个月之间，允许草野家第二次会面，草野已经换防到东京近郊某部，家属到那里见面。懦弱的我，促使我到那里去。奇怪的是，我一方面决心逃离园子，一方面又不得不去会见她。见面后，当着忠贞不渝的园子，我发现自己完全变了。我变得不能同她开一句玩笑了。她，以及她的哥哥、祖母和母亲，从这种变化中，只不过看到我的谨慎与诚实。草野以平素亲切的目光望着我，他对我说的一句话使我震颤。

“最近要向你那里发出一个重大的通牒，你愉快地等着吧。”

一周之后，我假日里去母亲那儿时，看到了那封来信。他那一手稚拙的文字，表达了真挚的友谊。

……园子的事，我们全家都是一片真心。我被任命为全权大使。事情很简单，只需听听你的意思。

我们都信任你。园子不用说了，母亲甚至算计着何时举办婚礼呢。我想，不管是约定好婚礼或订婚的日期，看来也都不算太早。

不过，这些都是我们家的估计。总之，很想知道你的心情。至于两家人的接触，一切都留待以后再说。不过，虽然这么说，但丝毫没有束缚你的意志的打算。只有了解你真正的意图，我们才会放心。你即使回答NO，我们也绝不会恨你、怪你，也绝不会影响我们之间的朋友关系。要是YES，当然是皆大欢喜；即使是NO，也绝不会伤了和气。凭着一副自由的心态，坦率地给我回信吧。希望你不要顾及情面勉强承诺。等待你这位至亲好友的回信。

……我一阵愕然，环视了一下周围，生怕读信时被别人看到。

本以为不可能的事情发生了。对于战争的感应与思考，没想到我和他们一家有着如此的格差。我才二十一岁，又是学生，去飞机工厂，在接连不断的战争中长大，对于战争力量的思考过于神奇了。纵使在如此激烈的战争危局中，人们生活的磁针，依然照常地朝着一个方向转动。自己一直在恋爱，怎么就没有意识到呢？我闪过一丝奇特的冷笑，又把信看了一遍。

于是，一种极为常见的优越感掠过心间。我是胜利者。我是客观意义上的幸福的人，谁也不能责难我。如此说来，我有权侮辱幸福。

满腹的悲戚搅得我坐立不安，然而，我的嘴角却粘贴着骄纵的讽刺的微笑。我想，只要跳过这道小沟就好了。只要将过去几个月一概看作荒唐就好了。什么园子，那样的小女子，只要认为一开始从未爱过她就好了。我是在小小欲望的驱使下（撒谎的家伙！）才欺骗她的，只要这样想就好了。我不必道歉。光是接吻没有责任——

"我根本就不爱园子！"

这个结论使我高兴得跳起来。

这一手玩得太漂亮了。我不爱女人而又诱骗了女人，当对方燃起爱情之火时，我又舍弃了她。我距离一个循规蹈矩的道德优等生何其遥远……不过，我也不是不知道，世上没有一个色鬼，会不达目的就把女子舍弃掉……我闭上眼睛。我就像一个顽固的中年妇女，对于不愿听到的事情，习惯性地捂起耳朵来。

剩下的只有想办法阻挡这桩婚姻了，就像阻挡情敌结婚。

我打开窗户呼唤母亲。

夏日的炎阳照耀着宽阔的菜园。西红柿和茄子，扬起干燥的绿叶，反抗性地刺向太阳。太阳在强劲的叶脉上涂抹着黏糊糊的灼热的光线。植物丰沛的暗郁的生命，被压抑在一望无际的菜园的明光之下。对面神社所在的树林，向这边转过阴森的面孔。弥涨着柔软震动的郊外电车，不时驶过远方看不见的洼地。每当传电杆浮躁地滑过，就会看到电线忧戚地晃动的闪光。那是以浓厚的夏云为背景，似有意而又无任何意义的临时的无目的地摇动。

菜园正中冒出一顶系着蓝飘带的大型麦秸草帽。那是母亲。舅父——母亲的哥哥——的麦秸草帽，像只不能转动的干瘪向日葵，一动不动。

母亲自从来这里生活之后，脸稍稍晒黑了，远远望去，洁白的牙齿颇为显眼。她来到可以听见声音的地方，像孩子般高喊：

“什么事呀？有话就过来说吧。”

“事情很重要，还是到这边来一下吧。”

母亲有些不情愿地慢腾腾地走来，手里的篮子盛满熟透的西红柿。不一会儿，她把篮子放在窗台上，问我究竟有什么事。

我没把信给她看，大体上讲了讲信的内容。说着说着我也弄不清为何来叫母亲了。我是为了说服自己才唠叨个没完，不是吗？我带着平静的表情，罗列一大堆坏条件。比如，我的父亲有些神经质，爱唠叨啦；一家人住在一起，给我做妻子肯定很辛苦啦；现在不是另立门户的时候啦；我们古老传统的家庭和园子文明开放的家庭合不来啦；我不想过早娶妻让她受苦啦……我希望母亲坚决表示反对。可是，我的母亲有着一副娴静而宽和的品格。

“怎么啦？这倒是挺奇怪的事儿啊。”母亲未经深思，连忙插嘴道，“那么，你究竟怎么想呢？是爱她还是厌弃她？”

“这个嘛，我也，那……”我一时嗫嚅起来，“我本来并非真心实意，一半是玩玩罢了。谁知对方倒认真起来，好难办啊！”

“要是那样，还有什么问题呢？及早说清楚，对双方都有利。他们写信来探听你的口气，干脆回信说明白不就得了？……妈妈要走了，没事了吧。”

“啊。”

我轻轻叹了口气。母亲走到玉蜀黍遮挡的栅栏门前，又踱着碎步回到我的窗边，看那脸色和原先有些不同。

“哎，刚才那件事儿。”母亲用严肃的眼神盯着我，就像一个女子望着素昧平生的男人，“……你同园子，是不是……已经……”

“别犯傻了，妈妈。”我扑哧笑了。我发觉我平生第一次笑得这么惨淡。“您以为我会干出那样的蠢事吗？妈妈如此不信任我吗？我……”

“我知道，妈妈也是为了慎重啊。”母亲又恢复了明朗的容颜，难为情地打消了顾虑。

“做妈的，活着就是担心这些事儿。好啦，妈妈相信你。”

当晚，我委婉地写了回绝的信，连我自己都觉得有些不自然。我写道：由于太突然，目前的阶段，还没有这份心情。第二天一早回工厂，我去邮局寄信的当儿，负责办理快件的女职员，惊讶地注视着我颤抖的手。我盯着她用那只粗糙而脏污的手，例行公事地在信封上盖了邮戳。看到我的不幸受到事务性的处理，也是对自己的安慰。

空袭的目标转向中小城市。看样子，暂时没有生命危险了。学生之间一时流行起投降论来。年轻的助教表达了暗示性的意见，想来是为了在学生中收揽人心。看到他将信将疑地谈完见解，心满意足地鼓胀着鼻孔，我心想，我才不会受你的骗呢。另一方面，我对那些至今依然坚信胜利的狂妄之徒也投以白眼。战争胜也罢败也罢，那种事儿对于我来说无所谓。我只想重新做人。

原因不明的高热使我回到郊外家里。我耐着高热，一边迷迷糊糊地望着天花板，一边在心里诵经般地念叨着园子的名字。在我勉强能起床的时候，听到广岛全城毁灭的消息。

这是最后的机会。人们都传说，下次该是东京了。我穿着白色衬衫和白色短裤在街头转悠。人们绝望至极，走起路来反而神情开朗。一刻一刻，什么事也没有发生。到处是一派明净的紧张，犹如一只胀鼓鼓的气球，不断加压之后眼看就要炸开了。尽管如此，一刻一刻，什么事也没有发生。如果这种日子持续十天之上，我肯定要发疯。

一天，潇洒的飞机躲过傻瓜高射炮的射击，从夏空里向下撒传单。那是在发布劝降书。当晚，父亲从公司回来的路上，径直经过我家位于郊区的临时住宅。

“哎，那传单是真的啊。”

他从庭院走进来，一坐在廊缘上就立即说道。他从消息可靠的人士那里听说了，还把抄下来的英文原话拿给我看。

我接过那纸片，来不及扫视一眼，就了解了事实。那不是战争失败的事实，对于我，仅仅对于我来说，那是可怕的日子从此开始的事实，那是一听说名字就使我浑身发抖的事实，那是欺瞒自己说那种人世的“日常生活”绝不会到来，而偏偏从明天开始无可避免地降临到我的头上的事实。

第四章

出乎意料，我所害怕的日常生活不见到来的迹象。这是一种内乱，比起战时，人们越来越不顾“明天”了。

借给我制服的那位高年级同学从部队回来了，我把制服还给了他。于是，我好一阵陷入一种错觉，我又走出回忆乃至过去，变得自由了。

妹妹死了。我知道自己也是个会流泪的人，随即获得了轻薄的安心。园子相中一个男人随即订了终身。我妹妹死后不久，她就结婚了。此时的心情或许可称为“如释重负”吧。我对自己手舞足蹈起来。不是她抛弃我，而是我抛弃了她，我自负地以为这是当然的结果。

我把宿命强加给我的东西牵强附会地看作我自身的意志，我的理性的胜利。这种常年的恶癖，达到一种疯狂的妄自尊大。在我名之为“理性”的特质里，有种不合道德的感觉，其中有个冒牌的僭主，偶然的冲动将他推上王位。这个驴子般的僭主，甚至不能预知愚蠢的专制终将招来应有的复仇。

紧接着的一年，我是在暧昧的乐天的心情里度过的。草草学了一遍法律，机械地上学，机械地回家……我对任何事情都不询问，不打听。我学会了一个年轻僧侣长于世故的微笑。我既没有觉得自己活着，也没有觉得死去。我似乎忘了，那种天然自然的自杀——死于战争——的希冀，已经断绝了。

真正堪称痛苦的东西徐徐到来了。简直就像肺结核病，一旦出现自觉症状，已经进入不大容易治愈的阶段了。

一天，我站在书店不断上新书的书架前，取下一本装订粗糙的翻译书，是法国一位作家的饶舌录。摊开一页上的一行字，蓦地刺疼了我的眼睛。一种不快的不安迫使我合上书本，将书放回书架上。

翌日早晨，我猝然想起来，上学时路过学校大门附近的那家书店，买了昨天那本书。开始上民法课时，我偷偷将书摊在笔记本旁边，找到那一行字。这行字比起昨天，给了我更加鲜明的不安。

> 女人之所以具有力量，完全取决于她们惩罚自己恋人的不幸的程度。

大学时有个要好的同学，是一家老字号糕点店老板的儿子。初看起来，是个老实巴交、勤奋好学的学生，他对人类和人生动辄“嘿嘿”地含着冷笑所表达的感想，以及近似我的极为孱弱的体格，唤起了我的共鸣。我出于自我防卫和虚弱无力，采取同样的犬儒派风格的态度，而他对此似乎具有更无危险的自信的根基。我想，他是哪儿来的自信呢？不久，他认定我是童男并凭借凌驾其上的嘲讽与优越感，袒露了他经常光顾的那些花街柳巷。接着，他引诱我说：

“你要想去，只需打个电话就成，我随时奉陪。”

“嗯。等我想去的时候……或许……快了，很快就下决心了。”

我回答他。他有些难为情地抽动着鼻子，这时他完全明白了我的心态，仿佛从我身上回忆起自己当年处于和我同样状态下时所流露的羞涩的表情。我感到焦躁，这是一种习惯的焦躁。我急着要把我在他眼里的状态，同现实中我的状态，紧密地化为一体。

所谓洁癖这种东西，本是秉承欲望之命的一种任性。我的本来的欲望是隐秘的欲望，它甚至不允许那种堂堂正正的任性。即便如此，我的假想的欲望——对女人单纯的抽象的好奇心——赋予我几乎没有任性余地的冷淡的自由。好奇心里没有道德。抑或这就是人类所具有的最不道德的欲望。

我开始了可悲的秘密的练习。我凝神注视裸妇，以此试验自己的欲望——事情很清楚，我的欲望不置可否。借助那种恶习发作之际，进行自我习惯性训练。首先从不出现任何幻影开始，接着心中浮现出女人最淫荡的姿态。有时似乎取得了成功。然而，成功里头有着令人心碎的失望。

我决定碰碰运气。我给他打了电话，请他星期天下午五点在咖啡馆等我。那是战争结束后第二个新年过了半个月之后的事。

“终于下决心了?”他在电话里哈哈大笑，“好的，我去。我一定去。你要是变卦，我决不饶你。”

笑声留在耳畔。我很明白，为了对抗这种笑声，我只能保持不为任何人注意的呆板的微笑。不过，与其说我有一缕希望，不如说是迷信。这是危险的迷信。虚荣心使人冒险。我有一种常见的虚荣心，到了二十三岁，再也不想被人说是童男了。

细想起来，下决心那天正是我的生日。

我们彼此带着试探的表情对望了一下。他也知道，今天不论是一脸严肃或是哈哈大笑，都一样显得滑稽。他那暖昧的嘴角不住地吐着烟圈儿，随便说了几句这家店的点心不好吃之类的话。我也没有好好听，这样说道：

“你自然会明白，第一次带人到这种地方来，将来要么是终生的朋友，要么是终生的仇敌，二者必居其一。”

“别再唬人了。你看我这般胆小，说什么终生仇敌，我不配做那样的角色。”

“你有此自知之明，我很感动。”

我特意摆出一副强势的派头。

“咱们不说这些。”他像个主持会场的人，“我们找个地方喝杯酒。不喝点酒，对于一个新手来说，很困难。”

“不，我不想喝酒。”我的面颊有些冰冷，“去那里决不喝酒，我有这个胆量。”

接着，我们乘灰暗的“都电”，再换乘灰暗的“私铁”，在陌生的车站下车，走过陌生的街道，在排列着简陋木板房的一个角落，看到紫红的电灯映红了女人们的脸孔。嫖客们走在化霜后湿漉漉的道路上，发出光脚步行似的足音，无言地来来往往。我没有任何欲望，唯有不安在催促着我，简直就像急着索要点心的小孩子。

“哪儿都行，我说哪儿都行嘛。”

等等，等等嘛……我真想逃离女人们撒娇般气闷的声音。

“那家的妞儿靠不住啊。行吗，那张脸？那地方倒比较安全。”

“管她什么脸呢。”

“那好，我就相对地找个美人[1]好了，过后别怪我。”

我们一走过去，两个女子就立即盯上来了。进去一看，房子很狭小，天花板顶着头。她们就露出金牙和齿龈咯咯地笑

1　原文为德语 Schöne，过去的学生用语，即“美人”。

着。那个东北口音的女人把我诱拐到三铺席的小房子里。

一种义务观念使我抱住了女人。我揽着她正要接吻，她晃动着厚实的肩膀，笑着说：

“不行啊，会沾上口红的呀。呶，要这样。”

那娼妇张开涂满口红、露出金牙的大嘴，伸出棍棒般强劲的舌头来。我也学着伸出了舌头。舌尖儿交合了……普通人恐怕不会知道，那种无感觉的东西，类似强烈的疼痛。我浑身剧痛，而且感到，整个身子都因这种无感觉的疼痛痉挛了。我一头倒在枕头上。

十分钟后，确定我不可能了，羞愧使我两腿战栗。

在假设朋友没有觉察的情况下，几天来，我委身于已经恢复的自甘落寞的感情之中。好比一个为不治之症苦恼的人，一旦确定病名，反而尝到一时的安堵。他当然很明白，这种安堵只不过是临时性的。而且，内心里还要等待无法逃遁，更加绝望，因而具有永恒性的安堵。我也在静心等待无法逃离的打击，换言之，等待无法逃离的安堵。

接着的一个月里，我在学校里同那位朋友见过几次面，互相都没有提及那档子事。一个月过后，他带来一位和我同样亲密的好色的朋友看望我。这个青年平素夸夸其谈，爱自我炫耀，吹嘘说，他在一刻钟内就能把女人搞到手。不久，谈话落到该落的题目上了。

“我简直受不住了，自己也无法控制自己了。”——好色的学生斜睨着我的脸说，“假如我的朋友中有谁是 impotenz [1]，我将多么羡慕。岂但羡慕，我更尊敬他呀。”

看到我改变了脸色，那位朋友换了话题。

“你不是答应借给我普鲁斯特的书吗？想必很有意思吧。”

“嗯，是很有意思。普鲁斯特是索多玛式的男子，他和男仆发生了关系。”

“什么，索多玛男子？”

我佯装不知，揪住这个小问题不放，借此验证我的失态是否已被别人识破。我知道我是在为寻找反证而尽力挣扎。

“所谓索多玛男子，就是索多玛男子呗。不知道吗，就是男色家的意思。”

“普鲁斯特是男色家，我倒第一次听说啊。”我感到声音在发颤。要是让他看到我生气，那就等于给对方一个确证。我感到一种莫名的恐怖，担心自己能否忍受住此种可耻的表面的平静。那位朋友显然嗅出了一切。也许是出于心理作用，我总觉得他好像极力不看我的脸。

夜里十一点，这位该死的来客回去后，我闷在房间里，彻夜未眠。我抽抽噎噎地哭了。最后，往常那种血腥的幻想浮现出来，给了我安慰。我被身边这种无比亲近的残忍无道

1 德语，意为男人性无能。

的幻影彻底打倒了。

我需要获得安慰。我频繁出入于老同学家中的聚会，虽然我明知这种聚会只能留下空洞的对话和惆怅的余绪。和大学的同学不同，这种穿戴颇为考究的一群，反而令人轻松愉快。这里有颇爱虚荣的千金小姐、女高音歌唱家、未来的女钢琴家，以及新婚宴尔的年轻夫人们。大家一起跳舞，喝少量的酒，做些无聊的游戏，玩点儿多少富有性感的捉迷藏，有时通宵不散。

天亮时分，大伙儿跳着跳着就困了。为了驱散睡意，我们铺上几张草席，围成圈儿跳舞。一旦唱片音乐停止，就立即解散，男女一对一抢着坐在草席上。剩下一人没有座位，便受罚做一个拿手的游戏。站着跳舞的人，互相拥挤着坐在地板的坐垫上，一团混乱。反复几次之后，女人们也顾不得体面了。那位最漂亮的小姐被挤倒了，摔了个屁股墩儿，裙子卷到大腿根。看样子，她有些醉了，毫不在乎地笑着。她的大腿细腻、白嫩。

以往的我，将会利用那片刻不忘的演技，和其他青年一样，按照逃逸自己欲望的习惯，突然转移眼睛的。可是，自那日以来，我不再是从前的我了。我变得毫无羞耻心——那种天生的羞耻心彻底没有了——就像盯着物质一般，凝望着那双白腿。俄而，由凝视而收敛回来的痛苦降临我的头上。

那痛苦这样告诉我："你不是人。你的身子不能和人交合。你是一种不通人性的奇妙而可悲的生物。"

碰巧，官吏录用考试的准备工作临近了。我强使自己埋头于枯燥无味的学习，自然远离了那些令人身心交瘁的事情。但这只限于开头几天，随着那一夜的无力感蔓延到生活的各个角落，有几天我心情忧郁，什么事也不想干。我必须想法为自己寻找某些可能的证据，这一想法日益强烈起来。只有找到这样的证据才能生存下去，我想。话虽如此，却找不到先天的悖德的手段。在这个国度里，即使是采取最稳妥的形式充实自己的机会，也是没有的。

春天来了。我平静的外表背后蓄积着疯狂的焦躁。仿佛季节本身对我抱有敌意，犹如飞沙走石的烈风所表现的一样。每当汽车打我身旁经过，我就在心中高喊："为什么不把我轧死？"

我喜欢给自己课以硬性的学习和硬性的生活方法。用功之余，我到街上散心，我多次感到充血的眼睛闪现着可疑的眼神。在别人眼里和世俗眼里，我每天过着谨小慎微的日子，其实我明白，我过着自感落寞和放荡以及不知明天的生活，还有那酸腐的怠惰及腐蚀的疲劳。春天即将过去的一个下午，我在都电上，冷不防袭来一种令人窒息的凛冽的悸动。

透过站立乘客间的空隙，我看到了对过座席上园子的身影。稚气的眉宇下，是一双真率、审慎，难以形容的深沉而优雅的眼睛。我差点儿站了起来。这时，一位站着的乘客放开吊环向车门口移动。女人的面孔全部闪露出来，她不是园子。

我的胸口依然激动不已。那种激动要说是因为惊愕或愧疚，那是很容易说得通的，但那种说明又无法推翻刹那间感动的清纯。我蓦地回忆起三月九日早晨在月台上看到园子时的激动情景。这次和那次一模一样，没有什么不同。就连那一蹶不振的悲戚也是相似的。

这一微细的记忆是难以忘却的，使得我在其后的几天动荡不安。没有这回事，我还是不爱园子。我本来就不能爱女人。这种反省，反而成为急剧的对抗。尽管直到昨天为止，这种反省本是我唯一忠实而柔顺的工具。

就这样，回忆突然在我心里恢复了权利。此种政变采取了明显痛苦的形式。两年前，我仔细打点好的“细小”的回忆，简直就像个正在成长的私生子，在我眼前异常地长成大人了。那不是我当时假设的“甘美的”的调子，也不是我后来作为整理的便捷手法而使用的事务性的调子，回忆的每个角落，都贯穿着痛苦的调子。那如果是悔恨的话，众多的先人为我们找到了忍耐的道路。然而，这种痛苦甚至不是悔恨，它是那般异常明晰，可以说这种痛苦如同被迫从窗户俯瞰分割街道的炎夏酷烈的阳光。

梅雨时节一个阴霾的午后，我到平日不太熟悉的麻布大街办完事，顺便散散步。忽听后面有人喊我的名字。是园子。我回头看见她时，没有上回在电车上误把别人当作她时那样惊讶。这种偶然的相遇是很自然的，我仿佛预感到一切。我似乎觉得很早以前就知悉这一瞬间。

她穿一件低胸的绣花上衫，外面罩着没有其他装饰的潇洒的壁纸花纹的连衣裙，也看不出“夫人”般的打扮。她好像从配给所回来，手里提着洋铁桶，身后跟着同样提着铁桶的老婆婆。她叫老婆婆先走，自己和我边走边聊。

“你有些瘦了。”

“啊，正在迎接考试呢。”

“是吗？你可要注意身体啊。”

我们说着，沉默了片刻。战火中幸存的邸町闲散的道路上，映照着微弱的阳光。一家人家的后门口，一只水淋淋的鸭子笨拙地走了出来，经过我们面前，一边鸣叫，一边沿水沟向对面走去。我感到很幸福。

“现在正看什么书？”我问。

“小说吗？《食蓼虫》[1]……还有……”

1 日本作家谷崎润一郎（一八八六至一九六五）的小说，中文版译名为《各有所好》。

“没有读A吗？”

我指的是当今流行小说《A……》的名字。

“那个裸体女人吗？”她问。

“哎？”我愕然地反问。

“真讨厌！……我是说那封面画呀。”

两年前，她当面绝不会说出“裸体女人”之类的话。园子已经不纯洁了，我从这些片言只语中痛楚地明白了这一点。来到一个角落，她站住了。

“从这里拐过去，走到头就是我家。”

分别的悲辛使我低下头来，目光转向洋铁桶。桶里塞满了酷似女人晒黑的肌肤似的蒟蒻。

“要是晒过头了，蒟蒻就会烂掉的。”

“是的啊，责任重大嘛。”园子含着鼻音高声说道。

“再见。”

“哎，多保重。”她转过身子。

我叫住她，问她还回不回乡下。她淡然地回答说，这个星期六就回去。

分别后，我注意到一个过去从未注意的问题。今日的她看来原谅我了。她为何原谅我？哪有超过这种宽大的侮辱呢？不过，假如再一次清清楚楚经受她的侮辱，我的痛苦也许会得到治愈。

终于盼来了星期六。正巧，草野从京都的大学放学回家来了。

星期六下午，我去看望草野，聊着聊着，我怀疑起自己的耳朵来了。我听到了弹钢琴的声音。那已经不再是幼稚的音色，而具有丰满、奔逸的气势，显得既充实又明快。

“谁呀？”

“园子呀，她今天回家来了。”

一无所知的草野这样回答。我心中所有的记忆被一一痛苦地唤醒了。草野对我当时委婉的拒绝，从来不提一字，他的善意使我心情沉重。我想得到园子当时感到痛苦的证据，哪怕一点点也好，以便为我的不幸求得某些对应物。然而，“时光”再次像杂草一般在我和草野，以及园子心中茂密生长，那些不通过任何意志、任何情面、任何礼仪的感情的表白都被禁止了。

钢琴声停止了。草野颇为周到地关照道，是不是把她叫过来。不一会儿，园子和哥哥一起走进屋子。三个人谈论着园子的丈夫所在的外务省那些同僚的故事，随意地笑着。草野被母亲喊走了，又像两年前那天，只有我和园子两人了。她像孩子似的告诉我一件值得自豪的事：由于丈夫的尽力，草野家免于被接收。从她做姑娘时起，我就喜欢听她吹牛。过于谦虚的女人和颇为自傲的女人，同样缺乏魅力，但园子那种雍容大度的谈吐，洋溢着天真可爱的女人味儿。

“听着，”她静静地说下去，“有件事情，我一直想问你，一直想问你，但始终没有能问你。我们为什么就不能结婚呢？从哥哥手里得到你的回信之后，打那时起，世上有些事我就不明白了。我天天在思考，但还是不明白。直到现在，我还是搞不懂，我为什么就不能和你结婚。真的搞不懂啊……”她像是生气了，将微微涨红的面颊转向我，一边侧着脸孔，一边朗读似的说道，“……你讨厌我吗？”

这只不过是借助提问进行事务性调查的语调。对于这种单刀直入的询问，我的心只能以一种剧烈的痛惜的喜悦加以应对。不过，这种不合情理的喜悦立刻转化为痛苦。实际上，这是一种微妙的痛苦。除了本来的痛苦之外，还含有因重提两年前往事而悲伤，进一步损害自尊心的痛苦。我想在她面前自由一些，但依然没有那样的资格。

“看来这世界上的事儿，你是一窍不通啊。你的好处也许就在于不谙人情世故。要知道，这世上的事儿，彼此相爱的人不一定就能结婚。我给你哥哥的信上都说了。还有……”我觉得自己就要说出那种没出息的话来了，我想就此打住，可是实在停不下来，“……还有，我在那封信中，也没有写明就不能结婚呀。我才二十一岁，还是个学生，也不必太着急。谁知道，我正在犹豫不决的当儿，你就那么及早结婚了。”

“其实，我呀，没有权利后悔。丈夫爱我，我也爱丈夫。我确实很幸福。我再也没有别的什么希求了。不过，有时也会有些不好的想法……怎么说好呢，有时我想象着另一个我，过着另一种生活。这么一想，我就糊涂起来了。我觉得我想说那些不该说的话，考虑那些不该考虑的事情。我为此而担惊受怕。每到这时，丈夫就是我最好的靠山。丈夫像对待小孩子一般呵护我。”

“或许可以说太自负了吧。那个时候，你肯定恨我，非常恨我。”

园子连“恨”的意思都弄不懂。她显得温柔、认真，又带着几分任性。“你爱怎么想就怎么想吧。”

“能否两人单独再见一次面呢?”我似乎被逼迫着急切地哀求道，“没有什么可内疚的事，只是想见见面，我也就心满意足了。我已经没有资格表白什么了，只管沉默好了。只要求半小时就够了。”

“见面又能怎么样呢?见上一次或许还要再见上一次。丈夫家里的婆婆管得严，她总要一一地盘问去了哪儿，多长时间。怀着那种紧张的心情见面，万一……”她停顿了一会儿，“……别人在想些什么，谁又能说得清呢。”

“这个嘛，谁也不好说。不过，你也太较真儿了，还像以往那样。你为什么就不能把事情想得更乐观些呢?为什么呀?”我满口谎言。

“你们男人倒好说，结了婚的女人不能这样啊。等你娶了夫人就会明白。我呀，不管对什么事儿都很慎重，再怎么想也不为过。”

“简直像个大姐姐，又在说教啦。”

草野进来，谈话中断了。

对话的过程中，我心里汇聚着无数个疑团。我发誓，我想见园子的心情是真诚的。但很明确，其中不含有任何肉体的欲望。想见上一面的欲求，到底属于哪一类欲求呢？已经确定为没有肉欲的这种热情，不是自欺欺人吗？就算那是真正的热情，也只不过是一缕可以抑制的微弱的火焰，经过一番拨弄又重新燃旺起来，不是吗？难道真的有完全脱离肉欲的恋爱吗？这不是明明白白的悖理吗？

不过，我还是认为，人的热情只要具有立于一切悖理之上的力量，就不能断定它没有立于热情自身的悖理之上的力量。

* * *

自从那决定性的一夜以来，我巧妙地躲避着女人过日子。自那一夜以来，别说激发真正肉欲的 ephebe 的嘴唇，我连一个女人的芳唇也没有触及过。不接吻，反而遇到非礼行为，纵然碰到这样的局面——比起春天，夏天的到来威胁着我的孤独。盛夏，使我的肉欲快马扬鞭。盛夏，使我的肌体灼骨炙肉，备受熬煎。为了维护自身，有时一天需要玩上五次恶习。

赫希菲尔德将倒错现象完全作为单纯的生物学现象加以

说明，他的学说使我获得了启蒙。那个决定性的一夜，并非什么可耻的归结，而是当然的归结。想象中的对 ephebe 的嗜欲，从未针对 pedicatio [1]，而是固定于经研究家们证明具有相同程度的普遍性的某种形式上。德国人中，像我这样的冲动被当作寻常事。普拉滕 [2] 日记就是明显的例子，温克尔曼 [3] 也是如此。文艺复兴时期的意大利，米开朗琪罗明显和我同属易于冲动的行列。

然而，单凭这种科学的理解，依然解决不了我的内心生活。倒错之所以难以成为现实的东西，在我来说，是因为仅仅停留于肉体的冲动，徒然叫喊、徒然喘息的阴暗的冲动。我只是停留于所喜欢的 ephebe 所激起的肉欲上。皮相的说法是，性灵依然属于园子所有。我不会简单地相信“灵肉相克”那种中世纪风的图表式，这样说只是为了便于说明。在我来说，这两者的分裂是单纯的、直截了当的。园子对我是正常的爱、性灵的爱，以及永恒的爱的化身。

可是，这样依然解决不了问题。感情不喜欢固定的秩序。它就像灏气 [4] 中的微粒子，喜欢自由地跳跃、浮动和震颤。

---

1 拉丁语，男色。

2 Augusit von Platen（一七九六至一八三五），德国诗人，赞扬男性美。

3 Johann Joachim Winckelmann（一七一七至一七六八），德国美学家、美术史家。

4 Ether，弥漫在天地间的气。

……一年之后，我们觉醒了。我参加官吏录用考试及格，大学毕业后，在某官厅担任事务官。这一年，我们有时出于偶然，有时为办理不太重要的事情，每隔两三个月，总有几次机会，利用白天一两个小时，若无其事地相会又若无其事地分手。仅此而已。我装作不管被谁看到都不会难为情的样子。园子也只是回忆往事，或对目下相互的环境有节制地开几句玩笑，绝不超出这类话题。我同她的来往，谈不上什么关系，连朋友都算不上。每逢相会，我们就考虑如何干净利落地分别。

我因此而感到满足。不仅如此，我还要面对着什么感谢此种中断的友谊的神秘与丰蕴。我没有一天不思念园子，每次相逢都享受着沉静的幸福。我仿佛感到，相会时微妙的紧张和洁净的匀整充满生活每个角落，以至于给生活带来脆弱而极为透明的秩序。

然而，一年之后，我们觉醒了。我们不再居于儿童的屋子，而是成为大人们房间的主人，因而，那不曾重要的门扉应当立即修缮。我们的友情正像那只能开到一定程度的房门，早晚都需加以修理。不仅如此，大人们耐不住孩子般单调的游戏，我们经历过的数度相逢，聚集起来看，只不过酷似一叠整齐的纸牌，一样大小，一样厚薄，没有丝毫的改变。

处于这种关系，我毫无遗漏地尝到了只有我才明白的违背道德的喜悦。较之世上寻常的悖德，这是更进一步的微妙的悖德，精妙的毒药般清洁的恶德。我的本质，我的作为第一要义悖德的结果，使得道德的行为、毫无愧悔的男女交际、那种光明正大的手续，以及被看作道德高尚的人……所有这些，反而凭借悖德所隐含的情味，真正恶魔的情味，向我谄媚。

我们相互伸出手互相支撑着什么。那种东西就是类似某种气体的物质，信其有则存在，信其无则消失。支持此种物质的作业，乍看起来很朴素，实际上归结于巧致的计算。我将人工的“正常”显现于这个空间，诱使园子加入这种几乎每一瞬间都在支撑着虚构的“爱”的作业。看来，她一无所知地协助了这种阴谋。由于毫不知情，她的协助十分有效。不过，园子有时朦胧地感到一种不可名状的危险，它不同于世上粗杂的危险，这种具有精确密度的危险，有着难以消除的力量。

晚夏的一天，我在“金鸡”餐厅看到了从高原避暑地归来的园子。一见面，我就把辞去官厅职务的经过告诉了她。

“为什么？今后的打算呢？”

“听天由命吧。”

“啊，真没想到。”

她没有继续追问。我们之间已经形成了这种默契。

高原阳光的曝晒，使得园子的肌肤失去胸脯一带炫目的洁白。戒指上过于硕大的珍珠，因暑热而笼罩着黯淡的愁云。她响亮的嗓音本来就夹杂着哀切与倦怠的音律，眼下听起来，同这个季节十分相合。

好一会儿，我们又继续了一场毫无意义、夸夸其谈、不很认真的会话，仿佛在倾听他人会话。那番心情，宛若将要睁眼之际，不愿从香梦中醒来，力求返回梦境一样。然而这种急躁的努力最终无法将美梦唤回。我发现，那种倏忽警醒的有着失落感的不安，那种将要醒来时的梦中虚幻的怡悦，所有这些，都像恶劣的病菌一样腐蚀着我们的心灵。疾病，不约而同地同时进入我们心中，它反而使我们心情欢乐。我们互相被对方的言语所追逼，不断地开着玩笑。

园子高雅的发髻下边，纵然因日晒而稍稍搅乱了几分安详，但那稚气的眉宇，柔润的眼眸，略显厚重的樱唇，依然娴静如常。餐厅的女客们，一边看着她，一边打餐桌旁边经过。侍者捧着银盘来来往往，盘中一只巨大的冰雕天鹅，背上盛满了冷食糕点。她伸出钻戒闪烁的玉指，悄悄拉开塑料手提包的锁扣儿。

“已经倦了吗？”

“快别这么说，我不爱听。”

她的音调里听起来，隐含着一种奇妙的倦怠。即便称之为“美艳”也不为过。她的视线转向窗外夏日的街衢，缓缓说道：

“有时我自己也闹不明白，为什么要同你见面呢？但想着想着，我还是来见你了。”

“至少不是毫无意义的消极行为吧。肯定是不具任何意义的积极行动……”

“我是个有夫之妇，即便毫无意义的积极行为，也无添加的余地了。”

“真是蹩脚的数学啊。”

我觉悟到，园子好容易走到疑惑的门口了。我觉得那扇半开半敞的门扉不能原样放置不管了。如今，这种可谓一丝不苟的敏感，或许在我和园子之间占据着共感的大部分，但我距离那种对一切听之任之的年龄还十分遥远。

虽说这样，一种明证突然闯入我的眼帘：我的难以名状的不安不知何时传染给了园子，或许只有这种不安的气氛成为我们唯一的共有物。园子也这么说。我不想听下去了。但是，我的嘴依然做出轻佻的应答。

“你想过没有，照这样下去会怎样呢？你不觉得我们将被迫走入两难境地吗？”

“我一向尊敬你，我对谁都不感到愧疚。好朋友见见面，又有什么不可以呢？”

“以往是这样，正像你所说的。我一直认为你很优秀，不过，谁又知道将来会怎样。尽管没干什么亏心事，可不知为何，老是做噩梦。那时我就觉得，神灵要来处罚我未来的罪过了。”

“未来”这个词响亮的音声使我战栗。

“这样下去，咱俩都将陷入痛苦之中。一旦苦恼到来，一切都为时已晚，不是吗？所以我觉得我们所做的，就像在玩火，你说对吗？”

“你说玩火，究竟是指的哪些事？”

“有好多啊。”

“难道都能归入玩火之中吗？我倒觉得像玩水。”

她没有笑。谈话间，她时时紧闭双唇，扭动着嘴巴。

“最近，我开始感到我是个可怕的女人。我只能认为自己是个精神龌龊的坏女子。必须做到，除了丈夫之外，别人的事，连做梦都不要去想。今年秋天，我决心要受洗了。”

园子在她这番半是自我陶醉的慵懒的告白里，反而循着女人们常有的内心的逆说[1]，道出了一种不该说出的无意识的欲求。我忖度着她的这种欲求，对此，我既没有高兴的权利，也没有悲伤的资格。我本来对她丈夫毫无嫉妒之念，这种资格也好，权利也好，我怎么会运用它呢？又怎么会否定或肯定它呢？我无言以对。盛夏时节，望着自己白皙的手，我感到绝望。

1　日语，以通常说法相反的形式，来表示事情真实的言论。

“现在你在想什么？”

“现在？”

她低下眉头。

“现在你在想谁呢？”

“……我在想丈夫啊。”

“那么，有必要受洗吗？”

“有必要……我害怕呀。我觉得我很动摇。”

“那么，你现在怎么啦？”

“现在？”

园子无意中询问似的抬起了极其真诚的视线。她生着稀有的美丽的眼睛，这是一双一眨不眨的幽邃的宿命的眸子，永远吟唱着奔泻而出的泉水般的感情。面对这双眼睛，我总是言语尽失，遂将吸剩的纸烟头儿，猝然杵向远处的烟灰缸。细长的花瓶被碰倒了，桌面上洒满了水。

侍者过来收拾桌上的水，眼看着浸水后打皱的桌布被揩拭的情景，我们心里感到很沮丧，也给我们提供了较早离开那家店的借口。夏天的街道充满急匆匆的杂沓人群，昂头挺胸、身体健康的情侣裸露着臂膀走过。我觉得受到了所有人的侮辱，这侮辱像夏日的太阳炙烤着我。

还有半个小时就到我们分别的时刻了。很难说这是来自即将分别的痛苦，一种类似热情的悒郁的神经质的焦躁，使得我很想用油画颜料般的浓稠涂料，将余下的半小时一下子抹消。舞厅里的扩音器，面向街道播送着跑了调的伦巴舞曲。我在一座舞场门前停住脚步，往昔读过的诗句涌上了脑际：

……然而尽管如此，

这是没完没了的舞蹈。

其余的忘记了。这似乎是安德烈·萨尔蒙[1]的诗句。园子点点头，为了跳上半个小时的舞，跟着我进入陌生的舞场。

营业处的午休时间任意延长一两个小时，早来的老舞客们继续跳下去，舞场里十分拥挤。热气扑面而来。失灵的换气扇上，为了遮蔽外面的阳光，竟然也加了一道厚厚的窗帘。舞场内郁闷的暑热，搅动着灯光映射下雾一般浓浊的尘埃。场内飘散着汗臭，以及廉价香水和廉价发油的气味儿。安然跳舞的客人，似乎都无所察觉。我后悔不该把园子带到这里来。

然而，眼下的我已经无法退出了。我们毫无兴味地挤进跳舞的人群。分散各处的风扇也未能送来几丝风。舞女和身穿夏威夷花布衫的青年，互相抵着汗淋淋的额头狂舞。舞女的鼻翼变得幽暗，白粉混着汗水，看起来像一颗颗小疱子。

1　André Salmon（一八八一至一九六九），法国诗人，小说家。

衣服的后背濡湿了，脏兮兮的，超过了刚才那块桌布。不论跳不跳舞，胸间总是汗淋淋的。园子窒息般地娇喘频频。

我们想换换外面的空气，随即钻出缠着过了季节的纸花的圆拱门，来到中庭，坐在简陋的椅子上歇息。这里虽说有新鲜空气，但反射在水泥地面上的阳光，将酷烈的热气投向阴影之处的椅子上。可口可乐的甜味儿黏在口中。我感到我所觉察的所有人的侮辱的痛楚，使得园子也无言以对了。我受不住这种沉默中的时间的推移，将目光转向周围。

肥胖的少女用手帕扇着胸脯，懒洋洋地倚着墙壁站立。爵士乐队演奏着压倒一切的快四步舞曲。中庭盆景中的枞树，斜立在干裂的泥土上。庇檐下的椅子上坐满了人，向阳的椅子自然无人光临。

但是，只有一组人占据着阳光下的椅子，旁若无人地谈笑风生。他们是两个姑娘和两个青年。一个姑娘手里很不习惯地夹着香烟，装模作样地放在嘴边，每吸一口就轻咳几声。她俩都穿着浴衣改制的古怪的连衣裙，露着腕子。渔家女儿般的红红臂膀，到处分布着虫咬的痕迹。她们对于两个青年粗俗的谈笑面面相觑，应景般地笑笑。对于照在头发上的酷烈的夏阳，看来并不怎么在乎。一个青年带着稍稍苍白的阴险的面孔，穿着夏威夷花布衫，但臂膀显得很强壮。卑琐的笑意不时在嘴角闪现，旋即又泯去了。他用指头捅捅女子的胸脯，逗她发笑。

剩下的一人吸引了我的视线。那青年二十二三岁，一副端正的黝黑的面孔，带有几分粗野。他光裸着上身，重新系好被汗水濡湿的灰色的白布围腰。他一边不住地加入伙伴们的谈笑，一边故意慢吞吞地缠裹着围腰。裸露的胸脯高高隆起，结实而又饱满。立体的肌肉间的深沟，由胸部中央直达腹部。两侧腹胁上一道道粗绳似的肉链盘根错节，横跨左右。那副平滑而富于灼热质量的胴体，被那条稍显污秽的白布围腰严严实实地裹了好几圈儿。暴露于阳光下的赤裸的双肩，涂了油似的闪闪发光。腋窝缝里刺出的一丛乱蓬蓬的黑毛，被太阳晒得卷曲起来，闪耀着金色的光亮。

看到这些，尤其看到那结实的臂腕上牡丹花的刺青，我便受到情欲的袭击。热烈的注视固定在这副粗俗、野蛮、无与类比的健美的肉体上。他在太阳下欢笑。他仰面朝天时显露出粗大隆起的喉结。一阵奇怪的心跳掠过我的胸间。我的眼睛再也离不开他的身影了。

我忘记了园子的存在。我只想着一件事情：他半裸着身子走到盛夏的大街上，同流氓们战斗。锐利的匕首，穿过围腰戳进他的胴体。那脏污的围腰浸满鲜血散射着美丽的光彩。他那沾满血污的尸体，放置在门板上，又被抬回这里来……

“还有五分钟。”

园子尖厉而哀切的嗓音流贯我的耳鼓。我惊讶地朝园子那里转过头去。

这瞬间里，我的内心被一种残酷的力量撕成两半，就像被雷电劈开的大树一般。我迄今满含精魂堆积起来的建筑物崩塌了，我听到那惨烈的声响。仿佛感觉看到了“我”这一存在，同某一种可怕的“不在”互换位置的一刹那。我闭上眼睛，蓦然间，我紧紧抓住冰冻般的义务观念不放。

“还有五分钟吗？真后悔带你到这里来。你不会生气吧？像你这样的人，真不该看见那种下流的家伙，下流的模样。听说这座舞场不讲仁义，那些家伙不管如何被拒绝入场，还是会白白地跑来跳舞。”

然而，看到的只有我。她看都不看一眼。她受过锻炼，不该看的决不看。她只是似看非看，只是凝睇向着那些眺望跳舞的汗流浃背的观众。

纵然如此，这里的空气不知不觉在园子心里也发生了一种化学反应。不久，她那矜持的嘴角，可以说荡漾着微笑的征兆，似乎想预先借助微笑试着说点儿什么。

“我问你一件可笑的事，你已经……了吧？已经自然懂得那种事儿了吧？”

我筋疲力尽了。不过，心中依然保留发条般的东西，它间不容发地强使我做出像样的回答：

“嗯……你知道了？很遗憾。”

“什么时候？”

“去年春天。”

“同谁？”

这种优雅的诘问使我惊愕。她考虑的只是那些和我交往的她所认识的女人。

“名字不好说。”

“谁？”

“别问了。”

言外之意，也许带有几分露骨的哀诉的调子，她瞬间出乎意料地沉默不语了。为了不使她发现我突然间面色惨白的表情，我付出了全部的努力。我们等待着分别的时刻。卑俗的慢四步爵士舞曲揉搓着时间。我们在扩音器传来的感伤的歌声中不肯挪动身子。

我和园子几乎同时看着手表。

到时间了。我站起身来的时候，再次朝阳光下面的椅子偷偷瞥了一下。看来，那几个人去跳舞了。空荡荡的椅子置于炎阳之下，桌子上洒落的一种饮料，闪耀着亮晶晶的刺眼的光芒。

一九四九年四月二十七日

【全书完】

译后记

这是三岛由纪夫第一部长篇小说，写于二十四岁时的一九四九年，最初由河出书房出版发行。作者在河出书房出版月报上写了这样一段话：

> 我是一个无益而精巧的逆说。这部小说就是生理学上的证明。我虽然认为自己是诗人，但或许更是诗的本身。因为诗本身抑或只能触及人类的耻部。

假面与素颜（真相）是反义词，“假面的告白”，意思就是“带着假面具，诉说心里话”。这里的“假面”，是作为艺术家的假面，也就是作家所谓“逆说”的表现手法。对此，著名评论家福田恒存有过独到的见解：

“丰饶的荒凉——就是这种感觉。天真的无赖，孩子般的大人，具有艺术家才能的凡人，制造假货的骗子。然而，艺术家，除了才能之外一无所有。艺术家，不就是骗子吗？

这么说来，确乎如此——在现代人看来，对于这种充满痛苦的逆说而不以为是逆说的人，或者亲自利用逆说的存在而不打算将此作为逆说的人——他，就是三岛由纪夫。”

《假面的告白》，是作者正式迈入长篇小说文学殿堂的自画像和宣言书。借助“假面”，掩蔽“素颜”，强调虚构，表达真实。作品中涉及的事项大都是作家自己的人生经历，当然是经过艺术加工的经历。作品中“我”的身上，流贯着作者的血液，时时闪现着作者的影像。从这一意义上讲，这部作品堪称三岛由纪夫的半自传性长篇小说。作者将自己的家庭出身、人生经历等作为素材创作小说，并不限于这部作品，其他诸如《鲜花盛开的森林》《写诗的少年》和《椅子》等，亦属此类。

小说问世的第二年，福田恒存就高屋建瓴地指出：

“《假面的告白》，不仅在三岛由纪夫的作品中占据最高位置，而且作为战后文学，是长存后世的最大收获之一。现代文学必须对他今后的工作寄予厚望，三岛由纪夫将以《假面的告白》所达到的高度为出发点，以新的步伐来回报这种期望。我们等待着他自由自在地运用这个假面。”

自那以来，三岛的文学创作和战后的日本文学史证明了这一点。

这里，我想再强调一下三岛文学的语言特色，评论家野岛秀胜对此有过精辟的论述。他指出：三岛是一位“用绚烂的语言铠甲，包裹纤细、脆弱肉体的孤独的现代艺术家，他将一切都赌给了语言的世界”。野岛还说：“对于他来说，人生就是‘语言’，‘语言’就是人生。未熟的肉体，已经成为烂熟的‘语言’的囚徒。正是在这种地方，有着三岛由纪夫走向人生和文学的出发点所孕育的幸福和不幸。”

多年以来，在三岛文学的翻译与研读进程中，我对于上述这段论述深有所感，并祈望广大读者朋友优先从这一角度阅读三岛文学。

陈德文

二〇一五年二月春雪初霁之日

于春日井高森台

三岛由纪夫 年表

一九二五年，出生在日本东京，为家中长男。

一九四〇年，在《辅仁会杂志》发表了备受好评的短篇小说《彩绘玻璃》，进入文坛。

一九四一年，担任《辅仁会杂志》主编，开始使用笔名“三岛由纪夫”。

一九四四年十月，出版出道之作《鲜花盛开的森林》，同年考入东京帝国大学。

一九四九年七月，出版《假面的告白》，这是他以专业作家身份发表的第一部小说。

一九五六年十月，根据现实事件改编的《金阁寺》于新潮社出版，反响惊人。

一九五七年一月，《金阁寺》获得第八届读卖文学奖。

一九六一年，发表短篇小说《忧国》，并以此为蓝本于一九六五年自编自演同名电影。

一九六五年，开始在杂志上连载《春雪》，为长篇巨著“丰饶之海”四部曲第一部；至一九七〇年十一月，历经六年，完成“丰饶之海”四部曲后三部：《晓寺》《奔马》《天人五衰》。

一九七〇年十一月二十五日，《天人五衰》最终章交稿后，切腹自杀。

陈德文

日本文学翻译家

毕业于北京大学东语系日本语学
现为日本爱知文教大学专任教授

曾翻译过夏目漱石、川端康成、三岛由纪夫等
诸多名家的作品

假面的告白

作者 _ [日] 三岛由纪夫　译者 _ 陈德文

产品经理 _ 兰芷 邵蕊蕊　装帧设计 _ 董歆昱　产品总监 _ 曹曼

技术编辑 _ 陈鸽　执行印制 _ 陈金　出品人 _ 于桐

营销团队 _ 阮班欢 李佳 杨喆　物料设计 _ 孙莹

果麦

www.guomai.cc

以 微 小 的 力 量 推 动 文 明

图书在版编目（CIP）数据

假面的告白 / （日）三岛由纪夫著 ; 陈德文译. -- 天津 : 天津人民出版社, 2021.1（2022.5重印）
ISBN 978-7-201-16842-5

Ⅰ. ①假… Ⅱ. ①三… ②陈… Ⅲ. ①长篇小说－日本－现代 Ⅳ. ①I313.45

中国版本图书馆CIP数据核字(2020)第237333号

假面的告白
JIAMIAN DE GAOBAI

出　　版　天津人民出版社
出 版 人　刘　庆
地　　址　天津市和平区西康路 35 号康岳大厦
邮政编码　300051
邮购电话　022-23332469
电子信箱　reader@tjrmcbs.com

责任编辑　张　璐
特约编辑　燕文青
产品经理　兰　芷　邵蕊蕊
封面设计　董歆昱

制版印刷　天津丰富彩艺印刷有限公司
经　　销　新华书店
开　　本　880 毫米 ×1230 毫米　1/32
印　　张　6.25
印　　数　12,001-17,000
字　　数　110 千字
版次印次　2021 年 1 月第 1 版　2022 年 5 月第 3 次印刷
定　　价　32.00 元